泰汶谣

崔耕虎　刘欣荣◎主编

中国书籍出版社
China Book Press

本书编委会

主　　任	崔耕虎
副 主 任	董少宏　曾晓东　赵京岚　范玉文
	李志强　胡泽生　张　莹　张新刚
	张　冉　张海声
特邀顾问	宋元明
党史顾问	李海卫
艺术顾问	李利鲁
主　　编	崔耕虎　刘欣荣
副 主 编	赵京岚　曾晓东
编　　委	盛建东　任勇攀　贾鲁音　郭亚楠
	薛　杰　张晓玲　任辛杨　王皓玥
	高兴月　张　欢　蒋晨晨

序 一

红色育人谱新篇

泰山，是中华民族的精神之山、文化之山，经由对它的攀登和解读，可以续接起千百年来的文脉。一山见世界，天地大文章。传统文化在这片土地上其实有着多重的形象，其一便是红色形象，如松树般宁折不弯，如泰山石般巍峨挺立。

百年以前，一群有志于救亡图存的革命志士，在党的召唤指引下，披荆斩棘，义无反顾地投身于革命的洪流之中，将小我家庭抛却，留下长久的希望与美好给后人。他们用生命书写汇聚历史"和声"，以坚实的脚印勾勒出新生的路程。今天，我们赓续红色血脉，从中汲取力量再出发，是成长的应有之义。

近日，由我院崔耕虎、刘欣荣两位同志主编，集聚专业力量，动员社会合力，历经数年，辛勤走访、采录并创新编纂而成的《泰汶谣》终于出版了。这正是一本根植于厚重的泰汶红色文化沃土，在新时代以歌谣方式传承，表达革命理想，还原历史情境，艺术化地再现了我们这片土地的革命画卷，有着强烈的感染力和育人生成性的书。红歌有情，它是一本致敬泰安革命先辈、献礼泰汶红色大地的好书，是我们学院同志坚守教育初心，创造性地进行党史教育学习，落实全环境立德树人，成就时代新人的一项可喜收获。我要向它的出版表示由衷的祝贺，为编写团队的付出表示真诚的感谢！

长期以来，学院坚持红色党史教育中"一主抓，二聚焦，三结合，四确保"四步骤，呼应学生需求，以课堂为主阵地，用活动激励人，先后建成泰山书院、泰安红色文化主题园等场所，开展红色论坛等多种形式，着力推进党史学习教育走深走实，入脑入心。这其中，我认为与乡土历史文化结合尤为重要，让思政教育贴近身边生活，让真实生活融进成长脉络，让课程教学注入乡土情结。本书既有传统性的继承，又兼具时代性的担当，紧扣学生美育的要求，贴近当下，在回溯中发现，在挖掘中感知。

我认为它主要有两个特点：其一，一手的采录与专业研究，资料扎实可信，有较高的学术性。编者抱着对历史高度负责的态度，走遍了泰汶大地，抢救性地搜集并整理了许多革命歌谣，且大多为初次面世，具有"存史"的见证价值。同时，编者有详细打谱记录、照片、人物小传、采访散文等，给读者塑造了一个"在场"的阅读空间，增强了沉浸式的体验。其二，互动性到位，以课程化的视角确立逻辑关系，明确学习主体。这不是一本简单的红色歌谣采录集，编者把"用"放在首位，特别是充分考虑如何更好地使用。每一篇三维目标清晰确立，然后专业层面词、谱双向推进，背景层面英雄谱、访谈足迹在后，实践拓展收尾，还特别注意引入音视频，生动可感，提高了学习欣赏的趣味性。概言之，《泰汶谣》内容上丰富多元，可读性强，参与度高，不但适合高校美育教材课堂使用，也利于社会面上的推广，宣传价值较大。

如何更好地为党育人、为国育才，实现青年学生的健康成长，如何让大学的育人空间再次扩大，让学生更自信地融入时代发展，更自觉地树立远大抱负……我想，这都是摆在我们眼前的课题，而《泰汶谣》的出版做了有益的探索。

是为序。

2023 年 8 月

序 二

泰山岩岩，汶水汤汤。泰安因泰山而得名，寓国泰民安。这里物华天宝，人杰地灵。一首首红色歌谣，是泰山文化的一个个精神符号。激昂的曲调在传唱中得以延续，红色精神在传承中不断焕发。

习近平总书记在党的二十大报告中强调，要"以社会主义核心价值观为引领，发展社会主义先进文化，弘扬革命文化，传承中华优秀传统文化，满足人民日益增长的精神文化需求，巩固全党全国各族人民团结奋斗的共同思想基础，不断提升国家文化软实力和中华文化影响力。"并强调"用好红色资源，深入开展社会主义核心价值观宣传教育，深化爱国主义、集体主义、社会主义教育，着力培养担当民族复兴大任的时代新人。"全面建设社会主义现代化的征途上，我们必须进一步用好红色资源，赓续红色血脉，传承好红色文化，充分发挥其培根铸魂作用，推动文化建设，在中国式现代化进程中取得新突破。

1926年3月，在泰安城西南蒿里山，泰安第一个党支部——中共泰安支部建立。同年4月，泰安第一个农村党支部——大汶口特支建立。之后，泰安县又相继建立了萃英中学党支部、省立三中党支部、东向镇党支部、泰安火车站党支部等党组织，党员队伍迅速发展到100余人，覆盖了泰安城乡更大范围。1927年8月，根据中共山东地方执委指示，在中共泰安支部的基础上，建立了中共泰安县委，马守愚任书记。泰山脚下的革命星火，迅速在古老的泰汶大地上形成燎原之势，揭开了泰安历史上崭新的篇章。

在这片热土上，诞生了许多传唱不衰的红色歌谣，见证了革命的热血与烽烟。从1926年第一个党支部建立到1949年10月新民主主义革命取得胜利的23年间，泰安群众掀起自己创作、传唱革命歌谣的热潮。斗志昂扬的起义之歌，鼓舞人心的拥军支前歌，还有生产生活歌、军民共建歌，或气势雄浑，或刚健质朴，或欢快柔情，洋溢着不畏艰难险阻的革命乐观主义情怀，唱出了根据地、解放区军民的鱼水情深……这些歌谣都曾发挥着宣传革命、动员群众、鼓舞士气、凝聚军民力量、瓦解敌军的重要作用。如今，唱起那些歌谣，又像似一部"时光留声机"，在歌声中又让人们重温峥嵘岁月，唤醒红色记忆。

　　本书工作团队，广泛走访当地群众，搜集整理材料，遍访了泰安、莱芜等地的抗日战争时期、解放战争时期的革命遗址、纪念馆和革命后人，特邀省、市党史研究办公室专家担任党史顾问。歌谣创作过程中，为体现歌谣的战斗性、真实性，作者又拜访了原八路军第一一五师政委罗荣桓的勤务员王汇川同志，以及国家级非物质文化遗产泰山皮影戏传承人范正安先生、泰安市非物质文化遗产御道渔鼓传承人任见水先生等民间艺人，广泛采集乡土民间歌谣小调进行创作，最终完成本书。希望借此书籍，将革命文化继承弘扬下去，让泰汶大地上的红色基因如同这一河春水，历尽曲折，不改初衷，砥砺奋发，滚滚向前……

崔耕虎

2023 年 8 月

目　录

开　篇　泰汶热土孕育革命力量

【红色记忆】汤汤汶水千古行，一缕豪情万里生 ……………………………………… 4

【红色歌谣】小船歌 ……………………………………………………………………… 5

　　　　　　渔翁乐 ……………………………………………………………………… 6

【歌声里的英雄谱】范明枢：抗战英雄　革命老人 …………………………………… 8

【红色足迹】追光摄影话汶水 …………………………………………………………… 9

第二篇　革命火种从这里点燃

【红色记忆】蒿里胜景全摧折，革命星火照暗夜 …………………………………… 14

【红色歌谣】神奇的蒿里山 …………………………………………………………… 14

【歌声里的英雄谱】马守愚：心有明灯　一路前行 ………………………………… 15

　　　　　　　　　于赞之：无畏斗士　火炬人生 ………………………………… 16

　　　　　　　　　王仲修：为民而呼　为民而死 ………………………………… 16

【红色足迹】寻访蒿里山 ……………………………………………………………… 17

第三篇　徂徕山烽火战歌

【红色记忆】重峦叠嶂徂徕峻，战火纷飞庇义军 …………………………………… 24

· 1 ·

【红色歌谣】徂徕山上红旗飘 25

　　　　　　大寺起义之歌 27

　　　　　　在徂徕山上 28

　　　　　　山东纵队进行曲 30

　　　　　　打倒日本鬼 32

　　　　　　冲冲冲 33

　　　　　　打药王殿　小五更一 35

　　　　　　徂徕红韵——纪念革命战士汪瑜 37

　　　　　　七律·徂徕山起义 39

　　　　　　七律·缅怀洪涛烈士 39

　　　　　　歌舞剧剧本《这面旗》 40

【歌声里的英雄谱】黎玉：一心向党　赤子忠诚 48

　　　　　　　　　　洪涛：流星绽放　英名长存 48

　　　　　　　　　　武中奇：奇人奇书　中正中和 49

　　　　　　　　　　刘振华：战火淬炼　本色忠诚 49

　　　　　　　　　　杨桂芳：抛家舍业　抗日为先 49

　　　　　　　　　　汪洋：投笔从戎　忠义大节 50

　　　　　　　　　　胡奇才：奇才中将　逆风千里 51

【红色足迹】英魂不朽徂徕山 51

　　　　　　风雪夜　徂徕行——革命战士汪瑜 54

　　　　　　徂徕之子——朱毓淦 55

　　　　　　大汶河之子——共和国上将刘振华 57

第四篇　泰西烽火战歌

【红色记忆】泰西勇士壮山河，汹涌战火铁军磨 60

【红色歌谣】共产党领导咱抗战 61

　　　　　　忆秦娥·雪夜哨兵 63

泰西起义歌	64
镇风（节选）	66
抗日模范县——长清	67
山东八路军真是好	68
泰西党校歌	70
谢池春·徂徕山、泰西起义	72

【歌声里的英雄谱】张北华：宁折不弯　英勇向前　74
　　　　　　　　　远静沧：埋骨岱岳　英灵永存　74
　　　　　　　　　黄白莹：诗情浩荡　革命飙风　75
　　　　　　　　　崔子明：铁骨誓言　死而后已　75
　　　　　　　　　管伟：抗敌无畏　赤子青春　75
　　　　　　　　　米英俊：毁家纾难　回族楷模　76
　　　　　　　　　魏克：烽火日记　战歌如旗　76
　　　　　　　　　王晋亭：浇灌"蔷薇"　烽火为家　77

【红色足迹】寻访鹁鸽崖	77
南黄崖的底色	79
春深空杏寺	81
古今闻名汶阳田	83

第五篇　陆房烽火战歌

【红色记忆】血肉熔铸铁阵成，陆房突围焕新生	88
【红色歌谣】胜利的歌声	89
樊坝胜利歌	91
陆房战役之歌	92
七律·陆房血战	93
【歌声里的英雄谱】陈光：以勇执戈　铁血青春	94
苏静：虎穴探秘　情报尖兵	94

【红色足迹】青山里的突围 ·· 95
　　　　　　跨越时空的相聚——献给安临站土地上长眠的革命先辈 ·············· 97
　　　　　　战歌响彻一生——采访王汇川老人 ··· 98

第六篇　解放战歌

【红色记忆】炮轰砖碎声隆隆，曙光照彻泰安城 ·· 104
【红色歌谣】雪夜行军 ·· 104
　　　　　　蒿里山三勇士 ··· 105
　　　　　　八月十五打长清——两广纵队战斗歌谣 ······································ 106
　　　　　　张大疤 ··· 107
　　　　　　莱芜大捷 ··· 109
　　　　　　七律·新四军首克泰安城 ··· 109
【歌声里的英雄谱】蒿里山三勇士：坚如泰山　钉子精神 ·································· 110
【红色足迹】一位母亲的抗战——巾帼英雄江衍红 ·· 111
　　　　　　毛公山等着你 ··· 112

第七篇　小战士之歌

【红色记忆】童子稚齿奉大业　赤子之心勇担责 ·· 118
【红色歌谣】儿童团四季歌 ·· 119
　　　　　　儿童团 ··· 119
　　　　　　我是小小兵 ··· 121
　　　　　　红枪头 ··· 122
【歌声里的英雄谱】王保瑛：国恨家仇　红缨在手 ·· 124
　　　　　　乔绪安：少年八路　战场英雄 ·· 125
　　　　　　阴法唐：泰山赤子　雪域将军 ·· 125
　　　　　　邢西彬：铁心向党　革命少年 ·· 126

【红色足迹】瞻仰与缅想——走进泰安革命烈士陵园 ………………………………… 127

第八篇　拥军支前歌

【红色记忆】拥军支前踊跃行，军民鱼水情意浓 ……………………………………… 134
【红色歌谣】开会 ……………………………………………………………………… 134
　　　　　　送军粮 …………………………………………………………………… 135
　　　　　　好儿郎 …………………………………………………………………… 136
　　　　　　打花棍 …………………………………………………………………… 138
　　　　　　赛花灯 …………………………………………………………………… 142
　　　　　　做军鞋 …………………………………………………………………… 144
　　　　　　丰收歌 …………………………………………………………………… 145
　　　　　　迎春歌 …………………………………………………………………… 146
【歌声里的英雄谱】于秀泉：拥军模范　战士母亲 …………………………………… 148
　　　　　　　　　王立武：堡垒永在　鱼水情深 …………………………………… 148
【红色足迹】唱响《好儿郎》 …………………………………………………………… 149

第九篇　红色非遗

【红色记忆】红色精神永传承，多彩艺术赞英雄 ……………………………………… 156
【红色歌谣】中共泰安支部的故事（片段） …………………………………………… 157
　　　　　　御道渔鼓——夏张武装起义 ………………………………………………… 159
　　　　　　御道渔鼓——说唱夏张 ……………………………………………………… 160
【歌声里的英雄谱】范正安：一口道尽千古事　双手挥舞百万兵 …………………… 161
【红色足迹】寻声而来 …………………………………………………………………… 162

后记：泰汶沃土四季耕耘　红色文坛奇葩绽放 ………………………………………… 167
附录　革命战争年代泰山、泰西地区图 ………………………………………………… 169

· 5 ·

以歌叙史

行走泰汶大地

在跳跃的音符中感悟党史

在艺术沉浸中触摸信仰的力量

一个时代的音乐是这个时代的缩影

用生命的叩问寻找来时路，最美是初心

开 篇

泰汶热土孕育革命力量

知识目标

1. 了解大汶河是泰安的母亲河等基本知识。大汶河,古称汶水,发源于山东旋崮山北麓沂源县境内,汇泰山山脉、蒙山支脉诸水,自东向西流经济南、新泰、泰安、肥城、宁阳、汶上、东平等县(市、区),汇注东平湖,出陈山口后入黄河。

2. 了解在距今6500—4500年前,在大汶河流域形成了大汶口文化。知道大汶口文化是分布于黄河下游一带的新石器时代文化,是黄河文化的重要组成部分,理解大汶口文化在中华民族历史发展进程中的重要意义。

3. 深刻理解1921年中国共产党诞生后,在党的领导下革命星火燃遍全国的红色史实。感受泰安历史悠久、人杰地灵,具有光荣的革命传统和丰富的红色资源。知道在党的领导下,在历史悠久的泰汶大地上爆发的革命历史事件和产生的英雄历史人物。

能力目标

1. 能会唱《小船歌》《渔翁乐》两首民间歌曲。
2. 能会分析两首民间歌曲产生和创作的历史背景,提升对泰安革命历史的认识。

素质目标

通过课程的学习和两首民间歌曲的传唱,激发学生热爱共产党、热爱家乡的深厚感情。

红色记忆

汤汤汶水千古行，一缕豪情万里生

大汶河，中华大地上最古老的河流之一，是齐鲁大地上的母亲河，它一路迂回向西浇灌了大片肥沃的良田，最终流入东平湖的怀抱。它，铮铮淙淙如佩玉鸣环，霞飞晚空灿烂了天际，芦苇荡里沙鸥翔集、锦鳞游泳。一条古石板路横跨水面，倾听着亘古以来的淙淙流水，从遥远的时空幽幽走来。

悠悠垂钓的老人，随风摇曳的芦苇，悠游嬉戏的野鸭，一直以来，汶水就这样滋养着沿岸的土地和人民，用她孜孜不倦的活力奉献出美味和鲜甜的生活。她是一首清新的牧歌，充满了优美快乐的田野风味；她是一首厚重的史诗，承载了沧桑沉重的历史故事。

这汤汤汶水曾见证了昔日大禹治水的功绩，曾见证了古往今来水路货运的繁华。她将见证泰汶地区的刀光剑影，见证这片热土上的革命激情。

图 1-1　作者拍摄的大汶河明石桥

红色歌谣

小船歌

整理者：洪 川
作 曲：刘欣荣

小舟如叶，
浮游水中，
悠悠风吹，
去人西东。
无篙又无桨，
又无帆篷，
唯有垂钓一老翁。

小船歌

整理者：洪 川
作 曲：刘欣荣

$1=C$ $\frac{3}{4}$
♩=86

3 2·1 | 6̣ 1 - | 2 3 2·1 | 6̣ 5̣ - | 6̣ 5̣ - | 5 3 - |
小舟　如叶，浮游　水中，悠悠　风吹，

2 0 1̣6̣ | 1 - - ‖: 3 5 3·1 | 2 3 2 - | 2·1 6̣ 5̣ - 5̣ 6̣ |
去　人西东。　无篙又无桨，又无帆篷，唯

5̣ - 3 5 | 3 - - | 2·1 6̣ | 1 - - :‖
有　垂钓　一　老翁。

图1-2 大众网刊发的《小船歌》演出剧照（拍摄于2023年5月泰山大剧院）

渔翁乐

整理者：洪　川
作　曲：刘欣荣

驾小船，
身上蓑衣穿，
手中钓鱼竿，
船头站。
提鱼在竹篮，
金色鲤鱼对对鲜，
河内波浪蛟龙翻。
两岸垂杨柳，
柳含烟，
人长夕阳残。
长街卖鱼钱，
沽一杯美酒，
回把鱼来煎。
渔翁乐陶然。

渔翁乐

作词：姜　南
作曲：刘欣荣

1=C 4/4 2/4

1 6̣ | 3 - - 32 | 3 5 3 - | 3 1̣6̣ | 2 3 2 - | 2/4 2 1 2 |
驾 小 船，　身上 蓑衣 穿，　手中 钓鱼 竿，　船头

4/4 6̣ - - 1̣6̣ | 2 3 3 - | 2/4 0 2 3 2 | 4/4 2 5 35 3 - | 2/4 0 1 2 |
站。　　提鱼 在竹 篮，　　金色 鲤　鱼，　　河内

(伴唱：对对鲜) 3 2 3

4/4 1 2 | 2 - | 2 2 3 2 23 2 | 2/4 0 1 2 | 4/4 61 6̣ - - 6 7 |
波　　浪。　两岸 垂杨 柳，　柳含 烟，　人长

(伴唱：蛟龙翻) 2 1 2

1̇ 7 6 6 5 6 | 2 5 3 23 | 6̣ 1 3 23 2 - | 0 1̣6̣ 2 3 |
夕阳 残。长街 卖鱼 钱，沽一 杯美 酒，　回把 鱼来

3 - 0 6 7 | 1̇ 7 6 6 5 6 | 2 5 3 23 | 6̣ 1 3 23 2 - |
煎。　人长 夕阳 残，长街 卖鱼 钱，沽一 杯美 酒，

0 1̣6̣ 2 3 | 61 6̣ - - 1 3 | 2 - - 1 2 | 6̣ - - 1 3 | 2 - - 1 2 |
回把 鱼来 煎。渔翁　乐陶 然。　渔翁　乐陶

6̣ - - 1 3 | 2 - - 1 2 | 6̣ - - ‖
然。　渔翁　乐陶 然。

范明枢：抗战英雄　革命老人

范明枢（1866—1947），曾用名范炳辰，山东省泰安县城关（今山东省泰安市泰山区）人。1905年8月，以增生身份留学日本，加入同盟会。五四运动期间，任济南省立第一师范学监，积极支持并参加青年学生爱国运动，用头撞开围校反动军警的刺刀，让学生冲向街头游行。1920年到1928年，任曲阜省立第二师范校长期间，参加了蔡元培组织的中华教育改革会并任委员，制定了"真、善、美"三字校训，聘请进步教师，注重用新思想、新文化教育学生，支持图书馆购置进步书刊，支持校内中共党组织的活动。1931年任省立乡村师范图书馆主任，多方求购进步书刊供师生阅读。1931年九一八事变后，积极宣传抗日救国，次年春被国民党当局诬以"共产党嫌疑"逮捕入狱，后经冯玉祥营救获释。回到泰安后，协助冯玉祥办泰山武训小学15处，实行半工半读，使广大贫苦农民的子女得以就学。卢沟桥事变后，他以"人格抗战"，立场坚定地追随共产党，组织"泰安县各界抗敌后援会""泰安县民众抗敌总动员委员会"并任主任。1938年秋，赴鲁南呼吁抗日，任鲁南民众总动员委员会主任委员，1940年7月被推选为山东省临时参议会参议长，长期致力于山东抗战。党的七大后不久，八旬高龄的他被中共中央特批加入中国共产党。1947年国民党大举进攻山东解放区，他奋笔疾书《为内战告全国同胞书》《致司徒雷登的一封公开信》，严斥美蒋内战罪行，呼吁人民粉碎反革命战争。1947年10月2日，在山东乐陵病逝。

红色足迹

追光摄影话汶水

图 1-3 大汶河明石桥

古往今来，汶水滋润着古老的齐鲁大地，浩浩荡荡地自东向西流入广袤的东平湖，再辗转流入奔腾不息的黄河。千万年来，它这样的锲而不舍是由于母亲河的牵引吗？

我和朋友被它牵引着，驱车来到了河边。

这一带由于河道被管制，露出了大片的河床和枯黄的芦苇丛。河水缩在中央，蜿蜒地流着。走下去，黄色的沙子上印下了几串脚印，宛如几道随意的曲线平静地铺展在寂静的河滩上。

已是下午，薄云似乎遮蔽了本已不多的阳光。水波呈现一派盈盈的蓝紫色调，与远处徂徕山的蓝色山影相合。远山含烟，一衣带水，暮色四合中，眼前这一切看起来玲珑剔透，具有一种纯净清澈的美。近了，水声汨汨，轻拍着石头，仿佛清澄的乐音洗涤着蒙尘的心灵。我和朋友静立在河边的巨石上，倾听着，听到了大自然的天籁之声，还仿佛听到了千百年来汶水河畔的号子声。

水波晕向岸边，轻拍着水岸。几只水鸭在远处的水中自在地嬉戏凫水。据说，夏日这里也有翠鸟与草鹭，还有天鹅。鸟飞

图 1-4 作者在汶河岸边

鱼跃，重换生机。我们也将手轻轻浸入冰凉的水中，跟古老的汶河来了个亲密接触。这条从远古踏来的长河，记录着古往今来，历尽千帆，超然常在。

水面浩荡开阔，湿气扑面而来，还有夜风呼呼地送来阵阵寒气，我们都忍不住瑟缩了起来，可还舍不得离开。暮色越发暗了，摇晃的水面将这山长水阔都晃动成了朦胧缥缈的一场梦。耸立的高压塔在暗色中如美丽的皮影，

图1-5　作者指导的原创泰安红色歌舞剧《泰汶组歌》中的《小船歌》剧照（作者拍摄于2023年5月）

（该作品于2023年5月，参加了中共泰安市委宣传部、中共泰安市委教育工作委员会、泰安市文化和旅游局、中国共产主义青年团泰安市委员会、泰安市文学艺术界联合会在泰山大剧院举办的"红心向党 青春绽放"泰安市大学生风采展示展演活动，荣获一等奖第一名）

又如精巧的发冠，在夜空中呈现出一种极致的几何美。近处柳丝轻摇，好像拂过远处的精致塔影。我赶紧将这一幕拍摄下来，把这古老与现代、自然与科技一同收进了相机。

洁白的路灯亮了起来，在汶水中闪着粼粼波光。沿途一对对的红色中国节灯在夜色中温馨地闪过，红红火火照亮了长长的路途。

实践拓展

1. 参观泰安大汶口文化遗址博物馆，了解大汶口文化的形成发展过程，并撰写500字左右的参观感想。

2. 参观泰安南湖党建主题公园，深刻理解建党的伟大历程和泰安革命历史，围绕建党撰写1000字的演讲稿并开展主题演讲。

第二篇

革命火种从这里点燃

知识目标

1. 知道中共泰安支部的创建时间和创建过程，了解中共泰安党组织创建后领导泰安人民开展的工运、农运、学运和武装暴动等一系列革命斗争，了解中共泰安党组织在挫折中顽强发展的历史。

2. 了解中共泰安支部创建过程中的英雄历史人物和英雄事迹。

能力目标

1. 能会唱《神奇的蒿里山》这首红色歌曲。
2. 能会分析《神奇的蒿里山》这首红色歌曲的历史背景。

素质目标

1. 通过课程的学习和红色歌曲的传唱，能深刻体会泰安支部创建的艰难历程，提升爱党敬党的意识。

2. 在生活和学习的实践过程中，能积极向党组织靠拢，提升积极参与服务人民、奉献社会的意识和能力。

红色记忆

蒿里胜景全摧折，革命星火照暗夜

蒿里山，为古代帝王的禅地之所。《史记》载："十二月甲午朔，上亲禅高里，祠后土。"《汉书》中多处记载了汉武帝"亲禅高里"。这里逐渐形成规模宏大的蒿里山神祠。曾经的它，作为冥府，备受尊崇，绿树环绕的庙宇廊檐中香火袅袅不绝。可是这一切却因为战火而改变。蒿里山的地理位置突出，是泰城的重要门户之地。谁占据了蒿里山，谁就控制了泰城。因此，激烈的拉锯战和双方不遗余力的争夺，成了此处的灭顶之灾，曾经的阎罗殿、庙宇建筑在炮火隆隆中化作一片焦土，名胜古迹荡然无存。唯余萧萧暮色中，荒草戚戚。

不甘屈服的泰安人，又将抗战的火种悄然点起。1926年3月，泰安第一个党组织——中共泰安支部，在蒿里山秘密建立。春气犹寒，山洞里格外寒凉，可是支部成员的心中却热血沸腾，满怀激动。从此，点燃了泰安的革命星火，这星星之火迅速燎原至整个泰汶大地，从而揭开了泰安历史上崭新的一段红色篇章。

红色歌谣

神奇的蒿里山

词曲：刘欣荣

神奇的蒿里山，蒿里山，
革命火种在这里点燃。
一代代共产党人啊，
从这里出发。

神奇的蒿里山

1 = C 4/4

词曲：刘欣荣

6 6 6 5 3 5 6 - | 6 5 3 2 3 - | 2 2 1 2 3 2· 3 |
神奇的蒿里 山，　蒿 里 山，　革命的火 种

5 5 3 2 3 3 - | 6 6 5 3 2 3 5 6 i 6 | 6 6 5 3 2 3 - |
在这里点　燃。　一代代共产党 人 啊，　从这里出　发。

2 2 1 2 1 2 3 5· 6 | 2 2 1 6 5 6 - :|
一代代共产党 人 啊，从这里出　发。

歌声里的英雄谱

1926年3月的一个夜晚，北风萧瑟，月色朦胧，树影婆娑，透露出一阵清寒。蒿里山上，一盏油灯的微光闪烁不定，映衬出的是三个年轻人的身影，他们语气坚定，在秘密地商量着什么，脸上写满了期待。

三个年轻人是马守愚、于赞之、王仲修，中共党员。他们志愿为共产主义事业奋斗终生，这次正共商"开天辟地的大事变"。就此，泰安第一个党支部——中共泰安支部由此诞生，马守愚任支部书记，于赞之任组织委员，王仲修任宣传委员，点燃了泰安革命斗争的星星之火。

马守愚：心有明灯　一路前行

马守愚，1908年出生在今山东省泰安市角峪镇。他积极热情，能力出众，满怀一腔热血。他以不知疲倦的精神点燃了革命的火种，奔波在故乡的山山水水之间。

他曾先后参与建立了泰安第一个党支部和莱芜党的历史上第一个党支部——吕家芹村支

部、中共泰安县委和泰（安）莱（芜）县委，并担任领导职务，展现了非凡的组织能力和团结精神，是泰安早期党的领导人。

1929年，马守愚被捕，后与党组织失去联系。

新中国成立后重新参加工作，任职员、工人。他一心向党，不改初心。1977年，马守愚去世。

于赞之：无畏斗士　火炬人生

于赞之，原籍昌邑县（今山东省昌邑市）饮马镇，1901年生人。在齐鲁大学读书时，他爱国上进，成为第一个学生党员，他出色的执行和宣传能力得到了同学们的认同。

1926年3月，中共山东地执委委派于赞之到泰安，与马守愚、王仲修、秦少祥一起，建立了中共泰安支部，马守愚任书记，于赞之任组织委员。

1928年4月，他到鲁北工作，任中共鲁北特委委员，领导组织了当地农民武装力量"红团"，镇压各村恶霸地主，维护群众利益，赢得百姓信任。

高唐谷官屯暴动失败后，他回到家乡昌邑县，继续从事革命活动。

1928年12月，他在领导昌邑县饮马镇暴动中不幸被捕，壮烈牺牲，年仅27岁。

王仲修：为民而呼　为民而死

王仲修，1899年出生在泰安县（今山东省泰安市）灵山庄。他的革命工作一直与铁路相关，曾在泰安站当过搬运工，也曾在津浦铁路济南机厂当过木工……他有着为穷苦人谋幸福、做大事的愿望。1924年加入了中国共产党。

1925年8月，中共山东省委派遣王仲修到泰安站深入群众，以车站为中心开展工运工作。同年冬，在蒿里山阎王庙成立了泰安铁路工会，为工人阶级而斗争。1926年3月，他与马守愚等人一起建立了中共泰安支部。1932年，他又参与建立了中共泰安中心县委，迅速打开局面，极大地鼓舞了群众的斗志。

1933年6月，王仲修因长期忘我工作，操劳过度，导致心脏病复发而不幸病逝。

🎵 **红色足迹**

寻访蒿里山

明媚的阳光下，蒿里山郁郁葱葱。解放战争期间，这里曾是国共两党争夺泰安地区的战场之一。我和朋友寻访先烈的遗迹，来到了这里。据说很久以前这里有多处庙宇，香火兴旺。处身满山松柏间，只觉得清气氤氲，很是清凉。

我们很快就在松林里找到了当年的山洞，据说泰安市第一个党支部就建立在这里。洞壁层岩叠加，五颜六色，让人不由得惊诧于它的色彩瑰丽，像是古老的图腾壁画，又像是奇幻的海底珊瑚世界。中间石柱仿佛沐风栉雨的火灵芝似的，倾斜着探身出去迎接阳光雨露。洞深处仅容一个成人爬过。

图 2-1　2021 年 8 月作者参观中共泰安第一支部展室

那是 1926 年 3 月的一个夜晚，马守愚、于赞之、王仲修三人挤在狭小的蒿里山山洞里秘密开会，共商"开天辟地的大事变"。泰安第一个党组织——中共泰安支部由此诞生，点燃了泰安革命斗争的星星之火。马守愚任支部书记，于赞之任组织委员，王仲修任宣传委员。从此揭开了党领导泰安人民开展革命斗争的辉煌历史。在蒿里山点燃的星星之火，经历了白色恐怖下的曲折发展，抗日烽火中的淬炼成长，解放战争中的发展壮大，一路谱写出了光荣的奋斗史。

朋友抚摸着五色的洞壁，回忆说小时候经常在这个洞里钻来钻去地玩耍。听着朋友的诉说，我仿佛看到昔日勇士的足迹，在新时代孩子们爬来爬去的小脚丫下延伸着，他们终将沿着先烈们的足迹，与新时代的脉搏一起跳动。

从洞中出来，向山上走去。阴面的松柏林大多向南倾斜着生长，仿佛弯腰致敬似的。地上落着厚厚的柏针，踩上去窸窸窣窣。解放战争时期，蒿里山曾受到炮火的轰击，昔日热闹的庙宇也在炮火声中灰飞烟灭了，现在的山上到处都是碎石片。如今看到的树木都是后来栽上的。南面山坡上的石脉相对保留得比较完整，但是，也可以看到不少弹孔，仿佛被石斧刻意深凿出来的，它们也提醒着我们那激烈的烽火云烟。

路过一个石碑，上面刻着"同志仍须努力"。据说是一国民党将军所立，他当年想要拆庙建纪念碑，施工过程中挖出了唐宋金册，后来悄悄将金册带走，金册几经周折到了台湾省的博物馆。当年的建碑人已不知何处，只剩下这块碑依然静立春风中，诉说着这段往事。

图 2-2　蒿里山山洞（作者拍摄于 2022 年春）

现今山顶上林木繁茂，遮蔽了视线，只听得山下阵阵行车声。朋友说小时候这里曾经有块大石头盘踞在山顶上，如探海石一般，当时树木还没有这么浓密，站在上面能看得很远，能看到远处阳光下青青麦地和一衣带水发亮的泮河。下午还可以来捉彩色小飞蛾，采各色小野花。白色的苦菜花，星星点点，秀气美丽，成片扎堆地长在一起，在春风中散发着勃勃生机。

路上不小心被绊了一下，原来是被砍的荆棵茬子隐藏在松针枯草中。守林人为了防火，每年秋后都要砍掉茂盛的灌木。荆棵当然也不例外，就这样一年一茬地茁壮生长着。在春夏时分，它会很快地从地面的茬子生长成一人高的浓密绿云，开着小白花，在风中摇曳。听到这里，我不由得被触动，革命战争年代，一代代人在艰难困苦中坚守，不正如这荆棵茬子，哪怕环境再恶劣，只要春风一来，就争先恐后地生长、壮大，最终灿烂在阳光下。

是啊，战火远去，春风十里，哪里不是欣欣向荣呢？

图 2-3　作者指导的原创泰安红色歌舞剧《泰汶组歌》中的《神奇的蒿里山》演出剧照（作者拍摄于 2023 年 5 月）

实践拓展

1. 参观中共泰安第一支部展室,感悟泰安党组织创建的艰辛历程,撰写500字左右的参观感想。

2. 通过查阅文献资料、实地考察等形式搜集马守愚、于赞之、王仲修等泰安早期党组织创建者的革命故事,通过录制音视频的形式进行红色故事讲解。

第三篇

徂徕山烽火战歌

知识目标

1. 深刻理解徂徕山抗日武装起义发生的历史背景、历史过程和历史意义。
2. 深刻理解"不畏强敌、敢于担当、矢志为民、英勇斗争"的徂徕山抗日武装起义精神。
3. 了解在徂徕山抗日武装起义过程中做出突出贡献和牺牲的英雄模范人物的英雄事迹。

能力目标

1. 能会唱《徂徕山上红旗飘》《大寺起义之歌》《在徂徕山上》《打倒日本鬼》《冲冲冲》《打药王殿 小五更一》《山东纵队进行曲》等红色歌曲。
2. 能会分析红色歌曲的历史背景。
3. 能在日常生活中自觉践行"不畏强敌、敢于担当、矢志为民、英勇斗争"徂徕山抗日武装起义精神。

素质目标

1. 通过课程的学习和红色歌曲的传唱,培育革命精神和战斗情怀,坚定党的领导,树立正确的历史观。
2. 通过红色歌曲的传唱和英雄事迹的学习,提升热爱家乡、爱党爱民的情怀和意识,坚定听党话、跟党走的信心,做新时代好青年。

重峦叠嶂徂徕峻，战火纷飞庇义军

徂徕山，峰峦叠嶂，峭壁凌云，奇峰怪石，姿态万千。既有幽深婉转之峡谷，溪水潺潺；又有直指云天之孤峰，清风拂拂。山有美松，"蹲岩踞壁皆虬龙"；又有翠竹，凤尾森森飞瀑悬。云山苍茫如仙境，雪舞春风四时奇。四季分明，景色优美，奇景常现，让人叹为观止。

而这山势雄伟的徂徕山，幽深绵延，俨然岱宗之屏障，自然也就成了抗战游击的绝佳地区。1938年1月1日，伴随着火红的朝霞，在徂徕山上，一面绣有镰刀斧头和"游击"二字的红旗高高飘扬，各地赶来的160余名抗日志士，满怀激情与斗志，聚集在徂徕山西麓的四禅寺（当地人称"大寺"），举行了庄严的起义誓师大会，点燃了中共山东省委独立自主领导山东人民武装抗日的烽火。从此，以徂徕山为根据地，山东军民与敌人展开了艰苦卓绝的游击战争。

红色歌谣

徂徕山上红旗飘

整理者：张纯岭
作　　曲：刘欣荣　杨飞宇

汶河水，浪滚翻，

穷人的日子实在难。

春天雷，震天响，

徂徕山来了共产党。

你拿枪，我带刀，

徂徕山上红旗飘。

徂徕山，层层陡，

穷人缺吃少穿无路走。

受苦人，举红旗，

徂徕山上来起义。

徂徕山上红旗飘

词曲：刘欣荣 杨飞宇
整理：张纯岭

1 = C 2/4
♩=76

5653 2321 | 6156 2321 | 5653 2321 | 6156 2321 | 6156 |

2321 | 5 - | 5 - | 5653 2.32 | 1216 6156 | 2.320 |
1. 汶河水， 浪呀嘛滚 翻，
2. 你拿枪， 我带 刀，
3. 受苦人， 举红 旗，

5 3565 | 1653 | 15 3 32. | 15 3 2. | 0 53565 |
穷 人的日子 实在 难， 实在 难。
徂徕 山上红旗 飘呀 飘， 飘呀 飘。
徂徕 山上来起 义， 来起 义。

1653 | 15 3 32. | 5 63 32 32 | 1 1 6 | 5.6 5 0 |
2. 春天雷 震天 响，
4. 徂徕山 层层 陡，
6. 受苦人 举红 旗，

1 1 6 | 5. 0 | 53565 | 1653 | 1653 | 3 2 32 | 1216 |
震天 响， 徂徕山上 来了共 产 党， 共产
层层 陡， 穷人 缺吃少穿无 路 走， 无路
举红 旗， 徂徕 山上 来起 义， 来起

5 - | 53565 | 1653 | 1653 | 32 3 | 1216 | 5 - :‖
党。 徂徕山上 来了共 产 党， 共产 党。
走， 穷人 缺吃少穿无 路 走， 无路 走。
义。 徂徕 山上 来起 义， 来起 义。

大寺起义之歌

整理者：张纯岭

作　曲：刘欣荣

红旗一展满山岗，

大寺起义举刀枪。

工农兵学齐救亡，

抗日烽火燃四方。

工农兵学齐救亡，

抗日烽火燃四方。

大寺起义之歌

整理者：张纯岭
作　曲：刘欣荣

1=C 2/4

| 6 6 5　3 5 | 1̇ 5　6 | 6 6 5　3 5 | 1̇ 5　6 |

（领）红旗一展满山岗，（齐）红旗一展满山岗，

| 6 6 5　3 2 | 5 2　3 | 6 6 5　3 2 | 5 2　3 |

（领）大寺起义举刀枪。（齐）大寺起义举刀枪。

| 2 2　2 3 | 5· 6 | 5 6　3 | 2 - |

（领）工农兵学齐救亡，

| 2 2　2 3 | 2̇ 5 | 6 - :|

（齐）抗日烽火燃四方。

图 3-1　作者指导的原创泰安红色歌舞剧《泰汶组歌》中的《大寺起义之歌》剧照
（作者拍摄于 2023 年 5 月）

在徂徕山上

整理者：张传华

作　曲：张　欢

红日照遍东方，自由之神在歌唱，

千山万壑，铜壁铁墙，

抗日的烽火，

燃烧在徂徕山上。

穿好戎装，

告别爹娘，

跟着共产党打东洋，

握紧钢枪向前方，

打败野心狼，

叫他们灭亡。

山高林又密，

兵强马又忙，
泰山脚下，是我家乡，
冲锋号吹响，
赤旗将插遍山冈。

在徂徕山上

1=F 4/4
♩=90

整理者：张传华
作　曲：张　欢

`0 5 | 1· 1 7 1 7 | 5 - - 0 5 | 2· 2 7 1 7 | 6 - - 0 1 |`
1. 红日　照遍东　　方，　　自由　之神　在歌　唱，　千
2. 山高　林又密，　　兵强　马又　壮，　　泰

`2 1 6 - - | 7 7 1 6 5 - | 3 3 1 5 6 5 | 6 6 7 1 2 1 |`
山万壑，　铜壁铁　墙，　抗日的烽　火，燃烧在徂徕山
山脚下，　是我家　乡，　冲锋号吹　响，赤旗将插遍山

`1 - - 6 7 | 1· 1 7 1 7 5 | 5 - - 6 7 | 1 1 2 1 7 6 | 6 - - 6 7 |`
上。　穿好戎　装，告别爹娘，　　跟着　共产党打东洋，　　握紧
冈。

`1· 1 7 1 7 5 | 5 - - 6 7 | 2· 1 7 1 6 | 6 - - 0 5 | 2· 1 6 7 1 |`
钢　枪向前　方，　　打败野　心狼，　　叫他们灭亡!

`1 - - ‖`

山东纵队进行曲

作词：刘子超

作曲：郭萍

日寇侵入了山东，投降派便挂上了免战牌。

投降派逃跑了，我们便从地下站起来。

徂徕山，举义旗，誓死守土我们不离开！

土生土长，在农村，在民间，

虽然是赤手空拳，但是有三千八百万人民和我们血肉相连。

虽然是无中生有，但是有中国共产党，领导着我们迈步向前！

虽然是年青的党军，但是也进行过无数的血战。

我们用土炮打下过飞机，击沉过兵舰，

在雷神庙、魏家堡、杨家楼、刘家井、王井、孙祖、大柏山、青驼寺……

曾用我们的热血写下了辉煌的战史。

看吧！看吧！敌人正在我们面前发抖，只要我们战斗，战斗啊！

不断地战斗！胜利就在我们的前头！

山东纵队进行曲

作词：刘子超
作曲：郭萍

1=F 2/4

| 1· 5 | 6 5 6 3 | 5 0 | 3· 4 5 | 1 2· 3 | 2 1· 7 |
| 日 寇 | 侵 入 了 山 | 东， | 投 降 派 | 便 挂 上 了 | 免 战 |

| 2 0 | 1 7 7 | 6 5 6 | 0 3 4 4 4 | 3 2 1 7 | 1 0 |
| 牌。 | 投 降 派 | 逃 跑 了， | 我 们 便 从 | 地 下 站 起 | 来。 |

| 1 7 1 0 | 6 1 5 0 | 4 5 6 5 | 1 2 3 1 | 2 — | 2 3 2 |
| 徂 徕 山， | 举 义 旗 | 誓 死 守 土 | 我 们 不 离 | 开！ | 土 生 |

第三篇 沂蒙山烽火战歌

| 2 2 | 5̇ 5̇ 5̇ | 3 3 3 | 3 4 4 3 2 1 7̇ | 6̇ — |

土长，在农村、在民间，虽 然 是 赤 手 空 拳，

| 5̇ 5̇ 5̇ 5̇ 5̇ | 5̇ 5̇ 5̇ 0 5̇ 2 | 2 5̇ 3 6̇ 5̇ 1 2 | 3 0 |

但是有三千八百万 人民 和我们血肉相 连。

| 3 2 2 | 1̇ 7̇ 1̇ 5̇ 0 | 4 4 4 | 6 6 5 4 | 5 — | 4 4 3 |

虽 然 是 无 中 生 有， 但 是 有 中 国 共 产 党， 领 导 着

| 2 5 | 6 5 2 3 | 1 0 | 3 2 2 | 1 7̇ 7̇ 6̇ 1 | 5̇ 0 |

我 们 迈 步 向 前！ 虽 然 是 年 青 的 党 军，

| 5̇ 5̇ 5̇ 1 1 1 | 2 2 3 | 5. 6 | 5 0 | 1 1 6̇ | 5̇ 6̇ 3 |

但 是 也 进 行 过 无 数 的 血 战， 我们用土炮

| 3 1 1 2 3 | 6̇ 0 | 1 1 2 1 2 | 5̇ 0 5̇ 3 3 2 | 4 5 3 |

打 下 过 飞 机， 击 沉 过 兵 舰， 在雷神庙、魏家堡、

| 5. 6̇ 5̇ | 1. 2 1 | 1̇ 7̇ 6̇ 7̇ | 1 2 3 | 2 2 2 | 2 0 | 5. 3 |

杨家楼、刘家井、王井、孙祖、大柏山、青驼寺…… 曾 用

| 6 5 4 | 3 3 | 2 3 5̇ | 6 5̇ 2 3 | 1 — | 1 1 0 | 6̇ 6̇ 0 |

我 们 的 热 血 写 下 了 辉 煌 的 战 史。 看吧！ 看吧！

| 2 2 3 | 5 5 6 3 3 4 | 2 3 2 | 5̇ 5̇ 4 5̇ | 6̇ 1 5̇ | 1 1 6̇ |

敌 人 正 在 我 们 面 前 发 抖， 只要我们战斗，战斗啊！

| 2 2 3 5 6 | 5 0 | 6. 5 | 4. 3 5 3 1 | 2 — | 1 0 ‖

不 断 地 战 斗！ 胜 利 就 在 我 们 的 前 头！

打倒日本鬼

传唱者：邓立阁
整理者：张圣良
作　曲：刘欣荣

日本鬼，喝凉水，
打了罐子赔了本。
坐火车，别断腿，
坐轮船，沉了底。
出门就要挨炮子。
处处有八路，
看你变鬼不变鬼。

打倒日本鬼

整理者：张圣良
作　曲：刘欣荣

1 = B 4/4
♩=129

| 2 2 2. 3 | 5 535 — | 2 2 2. 1 | 6 656 — :||

1. 日本鬼，　喝凉水，　　打了罐子赔了本。
2. 坐火车，　别断腿，　　坐轮船，　沉了底。
3. 出门就要挨炮子。　　　处处有　八　路，
4. 看你变鬼不变鬼，　　　看你变鬼不变鬼。

| 2 2 2. 3 | 5 535 — | 2 2 2. 1 | 6 0 5 0 | 6 0 0 0 ||

看你变鬼不变鬼，　看你变鬼不　变　鬼。

冲冲冲

整理者：顺杰　玉凡　李康　广华
作　曲：刘欣荣

冲！冲！冲啊冲！
大家来向前冲，
哪怕那飞机大炮迎头轰，
我们是抗日的八路军做前锋。

杀！杀！杀啊杀！
大家来向前杀，
杀掉了日本鬼子的脑袋瓜，
我们要拼刺刀敢呀消灭它。

干！干！干啊干！
大家来向前干，
要叫日本鬼子快滚蛋，
全中华民族求解放吃饱饭。

冲冲冲

整理者：顺杰 玉凡
　　　　李康 广华
作　曲：刘欣荣

1=C 2/4

```
1   1 | 1 2 1 ‖: 1 1 1 1 2 | 1 - :‖
```

1. 冲！ 冲！ 冲啊冲！ 大家来向前冲，
2. 杀！ 杀！ 杀啊杀！ 大家来向前杀，
3. 干！ 干！ 干啊干！ 大家来向前干，

```
1 1 1 1 1 2 | 1 6 5 | 1 1 1 1 1 2 | 1 6 5 |
```

哪怕那飞机大炮迎头轰，哪怕那飞机大炮迎头轰，
杀掉了日本鬼子的脑袋瓜，杀掉了日本鬼子的脑袋瓜，
要叫日本鬼子快滚蛋，要叫日本鬼子快滚蛋，

```
6· 5 6 | 3 2 3 | 1  1 2 | 3 2 1 ‖
```

我　们　是　抗日的　八　路军　做前　锋。
我　们　要　拼刺刀　敢　呀消　灭它。
全　中　华　民族求　解　放　吃饱　饭。

打药王殿　小五更一

传唱者：薛常岭

整理者：张纯岭

作　　曲：刘欣荣

一更里，黑了天，
一个命令下了山，
不多一时来到药王殿，
要打鬼子和汉奸。

二更里，进了院，
县长这里命令传，
一个攻击到楼前，
眼看一场大血战。

三更里，半夜天，
机枪大炮响得欢，
不多一时楼倒了，
砸死鬼子和汉奸。

四更里，鸡叫了，
破坏团也来到了，
搂倒石头和瓦片，
我们的同志找器械。

五更里，天明了，
我们的工作完成了，
叫声百姓你别逃，
我们已经胜利了。

打药王殿　小五更一

词曲：刘欣荣
整理：张纯岭

1=C 4/4

```
5  5  6 1 6 5 | 3  3 2 3  -  | 6· 1  6 5 3  3 2 | 3 - - 0 |
```

1. 一更里，　黑了天，　一个命令下了山，
2. 二更里，　进了城，　县长这里命令传，
3. 三更里，　半夜天，　机枪大炮响得欢，
4. 四更里，　鸡叫了，　破坏团也来到了，

```
2 2 2 3 5 6 5 3 | 6 5 3 2 3 - | 6· 2 1 6 6 5 | 6 - - 0 :||
```

不多一　时　来到药王殿，　要打鬼子和汉奸。
一个攻　击　到楼前，　　眼看一场大血战。
不多一　时　楼倒了，　　砸死鬼子和汉奸。
楼倒石　头　和瓦片，　　我们的同志找器械。

```
6  6  1 2 3 | 3 2 1 2 - | 6 6 1 6 5 6 1 6 5 | 3· 2 3 - |
```

五更里，　天明了，　我们的工作完成了，

```
||: 2 2 2 3 5 6 5 3 | 5 6 5 3 2 - | 6· 2 1 6 6 5 | 6 - - 0 :||
```

叫声百姓你　　别逃，　我们已经胜利了。

徂徕红韵
——纪念革命战士汪瑜

词曲：刘欣荣

农历小年下，
风雪夜行人。
女扮男装，
奔向徂徕山。

身是女儿身，
心似男儿烈，
家国大义，
只为心中那座山。

唱那三月里来，
唱那正月里正，
烽火岁月多奇志，
不爱红装爱军装。

徂徕竹板声，
声声唱革命，
你为徂徕披上红，
你是江山中的山。

徂徕红韵
——纪念革命战士汪瑜

词曲：刘欣荣

1= C 4/4
♩=75

5 53 5 56 | 5 3 3 | 6 6 1 6 3 | 3 5 — | 6 1 | 6 5 6 3 |
农历小年下，　风雪夜行人，　女扮　男　装，

5 53 231 | 2 — | 6 65 6 1 5 | 6. 0 | 5 53 231 | 2. 0 |
奔向徂徕山。　身是女儿身，　心似男儿烈，

3 23 5 | 6 63 2 | 6 6 6 3 2 26 | 1 — | 1 — ‖: 5 53 3 23 |
家 国 大 义，只为心中那座 山。　　　唱那三月里

1. 2 | 3 3 7 6 7 5 5 | 6 — | 6 5 6 1 6 | 6 5 6 3 | 5 5 5 3 2 3 1 |
来，　唱那正月里正。烽火岁月多奇志，不爱红装爱军

2 — | 5 53 3 23 | 1. 2 | 3 3 7 6 7 5 | 6 — | 6 6 5 6 1 |
装。　徂徕竹板声，　声声唱革命，　你为徂徕

6 56 3 | 5. 5 5 3 2 3 6 | 1 — | 1 — :‖ 6 6 5 6 1 | 6 5 6 3 |
披上 红，你是江山中的 山。　　　你为徂徕披上 红，

5. 5 5 3 | 2 3 6 | 6 — | 1 — | 1 — | 1 0 ‖
你是江山中的　　山。

七律·徂徕山起义

作者：宋元明

卢沟桥畔炮声酣，日寇南侵泰汶间。
共赴徂徕擎义帜，长驱寺岭战敌顽。
南奔费县筹军饷，北去博山做动员。
齐鲁处处根据地，永记英雄开新天。

七律·缅怀洪涛烈士

作者：宋元明

家贫幼立报国志，
遭受欺凌举战旗。
两万长征频抗御，
三番中弹储胸肌。
七七事变平津陷，
第四支队震泰沂。
百炼成钢司令员，
洪涛烈士载青史。

歌舞剧剧本《这面旗》

【一】背景解说词

一九三七年七七事变后，日本发动了全面侵华战争，北平沦陷、天津失守……1937年12月24日、27日日军飞机轰炸泰安，分两路渡过黄河占领济南，韩复榘10万大军弃险难逃，形势急转直下…

▲街上人群熙熙攘攘。舞台一侧，韩豁（女，18岁，学生）、汪瑜（女，学生）正演唱抗日歌曲，另一边，武中奇（男，28岁，爱国进步青年）和文翰国（19岁流亡学生）、江明（男，19岁，流亡学生）分发宣传单。

民先队员带领群众喊口号"抗日则生，不抗日则亡""誓死不当亡国奴""打鬼子救中国"。

歌曲（1）：

镇风（节选）

众人齐唱：飓风摇撼山岳了，
　　　　　群之潮流在大地奔腾了。
　　　　　奋起啊！
　　　　　有铁血的同志啊！
　　　　　我们要扫荡起洗刷宇宙的狂风！

镇风（节选）

作词：黄白莹
作曲：刘欣荣

1=G 2/4 4/4

飓风摇撼山岳了，群之潮流在大地奔腾了。奋起啊！有铁血的同志啊！我们要扫荡起洗刷宇宙的狂风！

汪瑜（慷慨激昂）：停止内战、一致对外、打到日本帝国主义！

江明（慷慨激昂）：同胞们，国家兴亡，匹夫有责！让我们携手，共赴国难！

▲文翰国（男，19岁，流亡学生）被歌声吸引，缓缓步入舞台。

文翰国：七七事变后，日军占领北平，我和同学们突破日军的军事管制，离开北平，开始流亡生活。这歌声让人有股力量，让人忘却流亡的苦痛，重燃希望之火！

▲武中奇把宣传单递给文翰国。

武中奇：同学，脱下长衫，加入到抗日斗争中去。

▲文翰国眼中闪过决心的光芒。

文翰国：我不能再流浪，我要战斗！我要加入他们！

▲武中奇、文翰国、江明、韩豁、汪瑜五个年轻人将手叠放在一起，互相打气。

武中奇：我 武中奇

文翰国：我，文翰国

韩豁：我，韩豁

汪瑜：我，汪瑜

江明：我，江明

众多群众：还有我，还有我

武、汪、韩、江、文及众多民生（异口同声）：誓死赶走日本帝国主义，捍卫中华民族。

▲王富贵（男，30岁，反革命势力走狗）突然带着大批手下冲入广场，手中持着棍棒。

王富贵（咆哮）：反了，都反了！

走狗：都反了！

王富贵：这群年轻人！竟敢在此煽动民心！

汪瑜：我们在抗日！

韩豁：我们在救国！

王富贵：把他们压入大牢！！

走狗：都别动！

▲汪瑜等四人和周围的群众手拉手，将王富贵等反动派往舞台一侧赶。

歌曲（2）：

并肩前行

众人唱：并肩前行，无畏风雨狂。

以心为灯，照亮黑暗长廊。

并肩前行，无畏风雨狂。

以心为灯，照亮黑暗长廊。

并肩前行

词曲：刘欣荣

1= F 4/4

6 6 6 6 0 6 6 7 6 | 3 - - - | 2 2 2 2 0 3 3 2 1 |
并 肩 前 行， 无 畏 风 雨 狂。 以 心 为 灯， 照 亮 黑 暗

7 7 7 - - | 6 6 6 6 0 6 6 7 6 | 3 - - - |
长 廊。 并 肩 前 行， 无 畏 风 雨 狂。

2 2 2 2 0 3 3 2 1 | 3 6 - - | 6 0 0 0 ||
以 心 为 灯， 照 亮 黑 暗 长 廊。

王富贵：这群年轻人，成天闹革命，闹革命，闹革命，都不要命啦！长官派我来调查。瞧！又在搞事。你们今天一个都别想跑。

▲王富贵拿起警棍，带领手下，把汪瑜等人赶回舞台另一侧。王富贵举起警棍要殴打众人。

▲韩豁发现王富贵腰间挂着手枪，她迅速闪身，一个翻滚抢到手枪，指向周围的敌人。

韩豁（大喊）：都别动！否则别怪我不客气！

王富贵（怒吼）：韩豁，你这个臭丫头，竟敢抢老子的枪！老子要了你的命。

韩豁（坚定）：王富贵，你不去抗日，来抓我们学生，今天我要让你知道我们抗日的决心！

▲韩豁向王富贵开枪，王富贵腿部受伤，在手下的带领下仓皇而逃。

韩豁：不行，敌人已经盯上我们了，我们的抗日计划得提前了。

【二】秘密小屋，夜

▲灯光聚焦：昏黄的油灯下，韩豁、武中奇、江明、汪瑜和文翰国五人躲在一间简陋的屋内，紧张而忙碌地清点枪支物资。

文翰国：为了起义，我们今晚趁夜色上山，把这些枪支弹药交给游击队！

众人：好！

韩豁：为了徂徕山起义，咱们专门制作一面起义大旗吧。

女学生甲：你们看。

汪瑜：就用这面制旗吧。

众人点头。

歌曲（3）：

绣红旗

女生齐唱：腊月里，雪花飞，一针一线绣红旗。一针一线绣红旗。

男生齐唱：春天雷，震天响，震天响，受苦人举红旗，举红旗。

齐唱：受苦人举红旗，举红旗。

绣红旗

1=C 2/4　　　　　　　　　　　　　　　　　　　词曲：刘欣荣

腊月里，雪花飞，一针一线绣红旗。春天雷，震天响，受苦人举红旗，举红旗。举红旗。

▲突然，门外传来急促的脚步声和嘈杂的喧哗声。王富贵带着一群手下闯进来，他紧握手枪，满脸怒容。

王富贵（怒吼）：你们竟敢私自制作旗子。

文翰国：不好，敌人来了，快走，都别说了，再说下去我们都得死，快走，快走啊，走啊。

▲韩豁等三人扛着物资和大旗，含泪离开，下场。

王富贵：人呢！

走狗：刚才还在这，长官。

王富贵：这次再跟丢了，小心你的狗脑袋！

走狗：在那。

王富贵：走！

走狗：那

王富贵：追！

文翰国被追杀牺牲。

武、汪、韩、江、文（异口不同声）：翰国。

▲舞台灯光骤暗，一片寂静。稍后，歌声响起。

歌曲（4）：

英雄悲歌

齐唱：英雄血洒大地，

悲歌响彻天际，

为国捐躯无畏惧，无畏惧，无畏惧。

英雄悲歌

1=F 2/4

词曲：刘欣荣

3 | 6· 7 1 2 3 | 6 — — 7 | 6· 5 3 2 3 | 3 — 3 6 | 6 — 5 3 |

英 雄 血 洒 大 地， 悲 歌 响 彻 天 际。 为 国 捐 躯，

3 — 2 3 7 0 | 0 0 7 1 6 | 6 — — 7 | 7 1 — 6 | 6 — — ‖

无 畏 惧， 无 畏 惧， 无 畏 惧。

▲舞台一侧灯光亮，江明、汪瑜、武中奇朝舞台中央……

【三】徂徕山，夜

▲江明扛着旗子，韩豁背着物资，负重夜爬徂徕山。

【四】山顶，黎明破晓

▲徂徕山顶，武中奇等人气喘吁吁地将起义军旗竖立于山巅。朝阳初升，旗帜随风飘扬。

·46·

▲ 所有起义志士,围聚在军旗下,紧握拳头,庄严地起义宣誓。

歌曲(5):

徂徕山上红旗飘

春天雷,震天响,
徂徕山来了共产党。
徂徕山来了共产党。

你拿枪,我带刀,
徂徕山上红旗飘。
徂徕山上红旗飘。

你拿枪,我带刀,
徂徕山上红旗飘。
徂徕山上红旗飘。

徂徕山上红旗飘

作曲:刘欣荣
整理:张纯岭

$1=^bD$ $\frac{4}{4}$

| 6 6· 2 — — | 3 2 1 2 — — ‖: 3 3 3 2 3 2 1 2 1 6 5 6 :‖
春 天 雷,   震 天 响,   徂 徕 山 来 了 共 产 党。

| 6 6· 2 — — | 6 2· 5 — — ‖: 4 4 5 6 1 3 2 1 2 :‖
你 拿 枪,   我 带 刀,   徂 徕 山 上 红 旗 飘。

▲灯光缓缓收束,舞台暗下,只留起义军旗在微光中飘扬。

1938年1月1日，山东省委率领共产党员、民先队员及爱国志士约160余人，集聚徂徕山大寺，宣布成立八路军山东抗日游击队第四支队。四支队成立伊始，初战寺岭，大振军威，再伏四槐树，有力地打击了日伪的嚣张气焰。同时，还在战斗中壮大了党的力量，为抗日战争和解放战争的胜利作出了重大贡献。

歌声里的英雄谱

黎玉：一心向党　赤子忠诚

黎玉，1906年出生在山西崞县（今山西忻州崞阳），1926年加入中国共产党。他具有坚韧的意志、冷静的头脑和出色的组织动员能力，曾在监狱内坚持战斗，也曾领导工人罢工。

1936年，受组织派遣，黎玉被调到党组织被严重破坏的山东，担任山东省委书记。他不顾危险，任劳任怨，山东省委终于恢复了工作，打开了新的局面。

抗日战争爆发后，黎玉领导的山东纵队是山东各支抗日武装力量中人数最多、根基最深的一支队伍。他与罗荣桓等同志密切配合，一心为党，为革命的事业无私奉献。到抗战结束，山东根据地已经是全国面积最大、兵力最多的抗日根据地。

1986年，黎玉在北京逝世。

洪涛：流星绽放　英名长存

洪涛，1912年出生在江西横峰一个贫苦农民家庭。15岁，他就参加了革命队伍，并走完了伟大的长征，逐步成长为一名成熟而出色的领导干部。

1938年1月1日，洪涛参与领导发动了徂徕山抗日武装起义，组建了八路军山东人民抗日游击队第四支队，任支队司令员。他抓住时机，勇于战斗，壮大人民力量，抗击敌伪入侵。

严酷的斗争环境损害了洪涛的健康，1938年5月，在反击敌人的战斗中，他因积劳成疾而病逝，年仅26岁。

图3-2　洪涛

武中奇：奇人奇书　中正中和

武中奇，1907 年生人，原籍山东省长清县崮山镇（今山东省济南市长清区崮云湖街道），自幼喜好书法，终生浸染学习，曾任中国书法家协会江苏分会主席，是一位文武双全的革命书法家。

1936 年，他加入中国共产党，又积极参与徂徕山抗日武装起义，建立起八路军山东人民抗日游击队第四支队，为保卫家乡而战斗，是令敌伪军闻风丧胆的英勇指挥员。他屡立战功，曾指挥部队用步枪打下了日本人的轰炸机，极大地增强了我方战胜强敌的信心。

戎马岁月中，武中奇也研究书法，他的作品气势浑厚、挺拔苍劲，刚健质朴、紧中见放，尽显军旅生涯沉淀后的雄强大气，有一股强烈的视觉冲击力，世称"武体"，被赞誉为"奇人奇书，中正中和"。

2006 年，他在南京因病逝世，享年 100 岁。

刘振华：战火淬炼　本色忠诚

刘振华，1921 年出生，原名刘培一，泰安大汶口镇大吴村人。17 岁参加徂徕山抗日武装起义，历经抗日战争、解放战争和抗美援朝战争的考验，新中国成立后又在外交和军事战线上为国服务，是一位为新中国建立和建设事业奋斗终生的英雄，是中国人民解放军一名优秀指挥员和政治工作领导者。1988 年，他被授予上将军衔。2015 年 9 月 2 日，荣获"中国人民抗日战争胜利 70 周年"纪念章。

2018 年，他因病在北京逝世，享年 97 岁。

杨桂芳：抛家舍业　抗日为先

杨桂芳（1910—1938），又名杨振华，字仲馨，1910 年 5 月出生于山东省莱芜县（今山东省济南市莱芜区）许小洼村一个殷实的农民家庭。1937 年七七事变后，他与孙洪亮、王盛典等一起发动抗日武装起义。杨桂芳卖掉家里的粮食，拿出自己的薪金，凑了 40 块大洋，买了一支马拐子步枪,又想方设法从亲戚家借来一支六轮手枪。有了武器,他特别高兴,也更加坚定了抗日信念。他虽然是杨家的一根独苗,但为了抗日救国,他毅然离开学校和妻儿老小,参加了徂徕山抗日武装起义,任八路军山东人民抗日游击队第四支队一排一班班长。1938年1月26日晨,四支队开赴寺岭村,伏击日军运输队。战斗中,杨桂芳不怕牺牲,冲锋在前,勇猛杀敌,不幸壮烈牺牲。第二天,山东省委和四支队在凤凰庄为其召开了追悼会。他是四支队的第一位烈士。

汪洋:投笔从戎 忠义大节

汪洋(1913—1942),原名之正,字诚齐(心斋),号洪波,曾用名汪大海,1913年5月10日生于山东省东阿县二区顾庄(今属河南省台前县夹河乡)一个富裕的农民家庭。1931年秋,汪洋高小毕业,考入济南山东省立第一乡村师范。济南乡师的学生在党组织的引导下,经常组织读书会、时事研讨会、演讲会,探讨救国救民的方法和道路。汪洋对祖国近百年来常常遭到外国列强的侵略欺侮而深感痛心。他在《感愤》诗中写到:"大好河山,拼死保卫,与时弊可决裂不可迁就,可奋斗不可妥协。使欧美政策不能侵入,日本大陆主义不能实行。以鲜血浇列强之恶绝,以骨髓填世界之不平。人人痛心,共赴国难,能以一死不苟幸生。"

图 3-3 汪洋

1936年5月,他加入中国共产党。1938年,任八路军山东人民抗日游击队第四支队第三团团长,后任山东纵队第一旅政治部主任、山东纵队第四旅政委、泰山军分区政委兼泰山地委书记。1942年10月17日,在吉山战斗中壮烈殉国,时年29岁。在掩埋烈士遗体时,在汪洋的上衣口袋里发现了他为烈士写的挽联:"凡七尺男儿生当为国,做千秋鬼雄死亦光荣。"山东党政军民为汪洋和吉山牺牲的200余名指战员举行了几万人参加的追悼大会。时任军分区政治部主任欧阳平为汪洋写了挽词:"投笔从戎救亡业,捐躯拼杀吉山血。二十九龄春正盛,十月十七任大节。敌军六路成合击,健儿数百齐挥铖。三百勇士同殉难,全军誓把国耻雪。"

胡奇才：奇才中将　逆风千里

"胡奇才，真勇敢，指挥八路打冶源，打死鬼子三十三，活捉一个翻译官。"这抗战民谣唱的就是共和国中将——胡奇才。

胡奇才（1914—1997），原名胡其财，湖北红安人，是中国第一大将军县红安县高桥镇走出来的将才。15岁参军，后在红四方面军担任营教导员的时候，营长是陈再道。红军过草地时，胡奇才担任团政委，他的军长是许世友。1938年，胡奇才挺进山东，开辟敌后战场，从此长期战斗在齐鲁大地，1939年8月，任八路军山东纵队第四支队政治委员，为山东抗日根据地的建设与发展做出贡献。解放战争时期，他凭借塔山阻击战被誉为"塔山猛虎"。

图3-4　左起：胡奇才　黎玉　廖容标

红色足迹

英魂不朽徂徕山

一如北方的雄浑厚重，绵延的徂徕山渐渐映入眼帘，越发清晰起来。初春的徂徕山还没有多少色彩，只是一派灰蓝色基调，裸露的苍石无不彰显着北方的豪迈和风骨。朋友一边开着车，一边自豪地介绍，打春后小野花开得漫山遍野，特别美。山下槐花盛开的时候，半山腰的还是花苞，而山顶上的槐树才刚发芽。朋友的话语让我的思绪不由得飘飞到了满山槐花洁白的时节里。虽然群山此时除了松树和满山干枯的土黄色茅草，尚看不到太多亮色，而槐树也还是一片光秃秃的枝丫，仿佛还在沉睡，但却依然令人心旷神怡。

近了，山势越发雄浑。入山处，一排整齐的白杨树笔直地挺立在两侧，仿佛站岗的哨兵，不曾有些许的懈怠，而我的思绪也被牵引着想到今天的目的地——徂徕山抗日武装起义纪念碑。通往纪念碑的路上，还有什么树比这笔挺的白杨树更合适呢？

车很快来到了纪念碑下。纪念碑位于徂徕山起义旧址前马头山，1988年立。碑高23米，用573块泰山花岗岩石精砌而成，寓意50周年的5段50级盘道从山下直通碑前。纪念碑正面镌刻着徐向前元帅题写的"徂徕山抗日武装起义纪念碑"12个镏金大字，背面刻有当年参加徂徕山抗日武装起义的老战士、全国著名书法家武中奇撰写的769字碑文。

我们整理一下衣装，也整理了一下心情，抱着虔诚的信念一步步地走向纪念碑。纪念碑坐落在高处，石阶由于长度和陡势而显得狭窄起来，尤其石阶两侧柏树葱郁、茂盛高大，连成一堵森森的绿墙，视觉上更立体地形成了逼仄的空间感，让人的目光随着逐级升高的台阶，一直仰望到高处庄严耸立的纪念碑。

静立在春风中的纪念碑那么雄伟肃穆，巨大的底座体量雄浑，如同英雄高昂的斗争精神，人站在眼前越发觉得自己的平庸渺小。隆隆战火似在耳边响起，嘹亮的号角声响彻云天。多少人民英雄奋勇厮杀、对抗日军的铁蹄而倒在了血泊中。凝视着高耸的纪念碑，我久久不能平静。它，凝重，沉默，似与蓝天白云相摩首，矗立在群山的怀抱中，依然瞭望着这片土地。是啊，先烈们挚爱的热土，怎么能舍得片刻移开目光？鸟儿不时地飞过，带来春的消息。周围的铁干铜枝传递着先烈们的钢铁意志，裸露的石脉风骨铮铮，诉说着先烈们昔日顽强的抗争。这一切是静默的，却又轰隆隆地在脑海中齐响，因为英雄们已将昔日精神凝铸在时空中。因为这如今春风拂面的祥和之处，曾经被炮火和鲜血洗礼，见证了一个时代的悲壮与无奈，更见证了一群泰安儿女的英勇和抗争。

曾经的这里，英勇的革命战士在烽火硝烟中冲锋陷阵；如今兵销革偃，回看征程，岁月安稳。这座丰碑也成为泰安人民开展党史学习教育的红色场所。

图3-5　徂徕山抗日武装起义纪念碑

第三篇 徂徕山烽火战歌

图 3-6 起义誓师大会所在地——徂徕山四禅寺

图 3-7 作者带领学生在徂徕山四禅寺，偶遇共和国中将、山东纵队四支队政委胡奇才的儿子胡东宁，胡东宁先生亲自在给学生做讲解（作者拍摄于 2023 年 7 月 12 日）

图 3-8 作者带领学生和胡东宁先生在徂徕山抗日武装起义纪念馆合影留念

· 53 ·

风雪夜　徂徕行——革命战士汪瑜

1937年腊月二十七，马上就要过年了。泰安城东的颜张村，深冬寒夜里，风一直在呼啸，雪也下的一阵紧似一阵，格外肃杀阴沉。

黑暗中，几个男子模样的人在积雪中艰难地走着，深一脚浅一脚。近了，还似乎听见说"快点——"语气里透着紧张和急迫。很快他们的身影就消失在茫茫雪夜中。

一夜的风雪行走，天快亮的时候，一座雄伟的大山挺立在眼前，被白雪包裹的莽莽苍苍，筋骨峥嵘。"快看！徂徕山——"他们似有使不完的劲，似乎从牢笼奔向了新世界。当其中一位衣帽解开时，竟是一位目光闪烁、有着秀丽与英武气的女子，她就是革命战士汪瑜。

汪瑜，本名叫汪瑜臣。1919年出生在山东泰安，抗战爆发时才18岁，刚刚从济南女中毕业。国难当头，她报名参加了泰安县委领导的"救亡剧团"，经常演出《放下你的鞭子》。当她留着眼泪唱着"爹娘啊，爹娘啊，哪年哪月，才能欢聚一堂……"时，围观的群众也都哭了起来，更是激起了对日本鬼子的仇恨。

一天，汪瑜在城外用借来的门板搭台子演抗日节目时，突然，黑压压的日军飞机呼啸而下，狂轰滥炸。顷刻间，到处是烈火冲天，老百姓被炸死炸伤，四处逃难，悲惨情景令人目不忍睹。

"誓死不当亡国奴！"汪瑜与几个青年发出怒吼。

在一盏微弱的油灯光下，汪瑜举起右手，向着心中的党旗宣誓。

因担忧女儿，汪瑜的老父亲哄骗她母亲病危，把她带回家后严加看管起来。身是女儿身，心似男儿烈。在家国大义面前一张窄门岂能关得住一名革命战士。于是，就有了开头那一幕。她剃了头，穿上男装，顶风冒雪，向着心中的那座大山走来。

后来，在部队行进中，在驻地村头，我们总会看到一位英武的女战士与战友们，打着竹板唱起歌：

一根花棍一条心，

王大嫂劝郎去参军，

王大哥参加了八路军，

王大嫂，在家中，

生产学习很用功，

抗战的家属真光荣。

……

这带着鲜亮亮泥土味道的歌词，这嘹亮的歌声，伴着他们跨千山、历万险，为革命的胜利吹响号角。

让我们再次把视线重新拉回到85年前这张照片上……革命者汪瑜从那个风雪之夜走来，书写出了一份壮歌。

凄厉的风再次刮来，暴风雪中，正是这样一群年轻的面孔，为民族大义而舍身，在血泊中振臂高呼！奠基了一个民族绝地中重启。

宣讲者：刘欣荣（教师）

徂徕之子——朱毓淦

巍巍泰山重，汤汤汶水清。自中国共产党领导的全民族抗日战争以来，泰汶大地就掀起了一缕革命豪情，涌动出无数革命英雄烈士，燃起了抗日战争熊熊烈火，留下一卷卷英雄史诗。翻开历史篇章，今天由我来讲述一位徂徕山的儿子、革命烈士——朱毓淦的英雄故事。

朱毓淦，1909年出生在徂徕山北望村一个农民家庭。小时在私塾读书，1925年以优异成绩考入萃英中学。在读书期间，逐渐接受了马克思主义思想，于1926年加入中国共产党。为壮大革命力量，他积极开展学生运动，发动成立了"学生自治会"和"学生联合会"，印刷传单和小报，冒着生命危险宣传革命思想。1927年9月，中共泰莱县委建立，马守愚任书记，朱毓淦任学运委员，分管学生组织，担任党的联络员，在新泰、莱芜传送秘密文件、情报。期间几经劫难，险些被捕。

1930年2月，临时省委遭破坏，时任泰安特支书记职务的朱毓淦，被国民党又下令缉拿，朱毓淦被迫离开泰安，来到青岛，面对汹涌的大海，朱毓淦心头波涛起伏。几遭劫难，几次脱险，面对大海，他轻轻低吟：

男儿志在四方，踏碎荆棘前往，黑暗社会尚渺茫，太阳一出天亮。天亮，天亮，天亮，那时工作更忙，四亿人民齐欢唱，幸福在望，在望。

1932年5月1日，朱毓淦参加了泰安特支在王母池召开的纪念大会，并印发了《五一宣言》，鼓励与会的三百余名学生和各界人士开展反帝运动。后隐蔽大连，以"求解放、求生存"的口号联络团结工人，成立"敢死队"，炸毁日本人的火药库。

1937年七七事变后，山东省委决定在徂徕山起义。省委书记黎玉指派朱毓淦任泰安县委成员，着手在本地组织抗日武装。于是，他和马馥塘、鲁宝琪等人发起成立了"泰安县人民抗敌自卫团"，很快发展到三百多人，为徂徕山起义做组织上、军事上的准备。

1938年1月1日，抗日烽火在徂徕山点燃，徂徕山头飘起了革命的红旗，一支抗日军队"八路军山东人民抗日游击队第四支队"成立了。为解决部队的吃饭问题，朱毓淦星夜下山，说服了母亲和爱人，卖掉了部分土地和家产，全部买了粮食，摊成煎饼，送给部队。

在部队中，朱毓淦参加了宣传队工作，活跃在汶河两岸。每到一处，便教唱革命歌曲，在群众中进行抗日宣传。唱得最响亮的是《大寺起义之歌》："红旗一展满山岗，大寺起义举刀枪。工农兵学齐救亡，抗日烽火燃四方。"响亮的歌声，汇聚革命力量。有人出人，有钱出钱，有枪出枪，人民群众的革命热情空前高涨。

1941年11月，日伪军五万余人实行"铁壁合围"，在反"扫荡"斗争中，我抗日军民英勇作战，力挫敌人。但因寡不敌众，鲁中区党委社会部部长朱毓淦不幸被捕。

被捕后，朱毓淦毫不畏惧，同敌人进行顽强的斗争，敌人用尽了酷刑，也不能使他屈服。面对死亡，朱毓淦大义凛然，他不断高呼："打倒日本帝国主义！打倒汉奸卖国贼！中国共产党万岁！"惨无人道的敌人割去了他的舌头。敌人的暴行，没有使朱毓淦胆怯，他睁大双眼，恨恨地瞪着敌人，敌人又挖去了他的眼睛，最后又用刺刀穿透了他的胸膛……他壮烈牺牲了，他年仅31岁。

徂徕呜咽，汶河悲流。徂徕山的儿子，离开了人世，离开了这片养育了他的土地。但他不屈不挠的斗争精神永远激励着这片土地上的人民。

让我们铭记朱毓淦，永远铭记革命烈士的崇高精神，以此激励我们不忘初心，砥砺前行，以无比的信念和勇气，为实现中华民族的中国梦而奋斗！

（朱毓淦曾用名：朱玉干）

宣讲者：曹士绅
（教艺系 2022 级学前教育 1 班）

大汶河之子——共和国上将刘振华

大汶河上的商埠重镇大汶口镇，是大汶口文化的发祥地和命名地，6000年的文明之地，孕育了无数英雄儿女。1921年7月8日，共和国上将刘振华就出生在这片土地上一个普通农家小院里，他原名叫刘培一。

刘培一上学之后，深受齐鲁著名教育家、泰山武训小学校长范明枢影响，勤奋上进，忧国忧民，曾在笔记本上郑重地写下了"民国腐败，誓当振兴"八个字。

七七事变爆发，刚满16岁的刘培一积极参加抗日救亡宣传活动，多方探寻救亡之路。1938年1月1日，中共山东省委在徂徕山地区组织武装起义，建立了"八路军山东人民抗日游击队第四支队"。刘培一闻讯后，立即决定参加这支抗日的队伍。为表达打日寇、救中国、振兴中华的决心，刘培一改名为刘振华。

参军这天，刘振华紧紧握住娘的手，说："娘，我要去徂徕山参军打鬼子去。"母亲眼泪汪汪地看着他说："好孩子，打鬼子是正义的事，娘不拦你。"边说边从柜子里掏出积攒多年的3块银元放到儿子手里："带上它，到部队上用。"娘儿俩依依惜别。

入伍仅两个月，刘振华就光荣地加入了中国共产党。入伍第十个月，被委任为特务一连指导员。作为政治干部，他让战士明白为谁当兵、为谁打仗。

在八路军山东纵队，刘振华是"能打仗的政工干部"。他在辽沈战役，带领突击队，冒着枪林弹雨，首登锦州城头。平津战役、渡江战役后，他随四野一路打到海南，把五星红旗插到了天涯海角。

1950年6月，朝鲜战争爆发。1950年10月25日，刘振华担任一一八师副师长，作为首批志愿军，跨过鸭绿江，开赴朝鲜。朝鲜战争的惨烈超乎想象，一句"请首长放心"，刘振华把游击战打到了"三八线"以南，重挫美军士气，我军斗志昂扬。

"关山初度尘未洗，策马扬鞭再奋蹄。"这正是刘振华回国后的真实写照。他和他的一一八师回国未及休整，赶上了哈尔滨市特大水灾，他率队与当地军民一起抢修松花江堤坝，战胜了该市60年来第二次特大水灾。

1988年7月，他被中央军委授予上将军衔。

2015年9月2日，在人民大会堂，刘振华作为全国30位抗战老战士代表之一，领受了中共中央总书记、国家主席、中央军委主席习近平颁发的"中国人民抗日战争胜利70周年纪念章"。

改名明志行大道，戎马半生写辉煌。生命追着信仰，岁月披上光芒，刘振华这位大汶河之子，他的故事永远在泰汶大地传唱。

宣讲者：赵弈筱
（教艺系2022级学前教育4班）

实践拓展

1. 参观徂徕山抗日武装起义纪念馆，追寻徂徕山抗日武装起义的足迹，撰写500字左右的参观感想。

2. 查阅文献、实地走访，搜寻发生在徂徕山抗日武装起义期间的红色故事，整理出文字稿，并录制音视频。

第四篇

泰西烽火战歌

知识目标

1. 了解泰西抗日武装起义发生的历史背景、历史过程和历史意义，明确历史上的泰西地区是哪些地区。

2. 了解在泰西抗日武装起义过程中做出突出贡献和牺牲的英雄模范人物的英雄事迹。

能力目标

1. 能会唱《共产党领导咱抗战》《泰西起义歌》《忆秦娥·雪夜哨兵》《镇风》《抗日模范县——长清》《山东八路军真是好》等红色歌曲。

2. 能会分析红色歌曲背后的历史事件和历史背景。

素质目标

1. 通过课程的学习和红色歌曲的传唱，培育革命精神和战斗情怀，坚定党的领导，树立正确的历史观。

2. 通过红色歌曲的传唱和英雄事迹的学习，学习革命者们不畏强敌、保家卫国的高尚情操，提升热爱家乡、爱党爱民的情怀和意识，坚定听党话、跟党走的信心，做新时代好青年。

泰汶谣

红色记忆

泰西勇士壮山河，汹涌战火铁军磨

山东泰西地区有美丽的肥城，有味美甘甜的肥桃。春来桃花朵朵，粉色如霞。秋来硕果累累，果香阵阵。生活在良田美景中的人民，更加珍惜美好幸福的生活。他们在甘甜桃汁的滋养下，养成了温厚正直的性格，可是面对压迫，他们也绝不缺乏血性。

自明清时期以来，泰西地区战乱频繁、土匪横行，正直的泰西人民的反压迫精神一直比较高昂。长期战乱的过程中，民间为自保也藏有大量的枪支武器。为了扩大抗日救国的宣传，共产党员利用踩高跷、扭秧歌等喜闻乐见的形式进行革命宣传，获得了广大群众的认同与喜爱。七七事变后，在中共山东省委的领导下，1938年1月1日凌晨于夏张，举行了泰西抗日武装起义，点燃了泰西人民抗日的烽火。

起义队伍不畏艰险，辗转鹁鸽崖、香水寺、空杏寺等地，以饱满的热情宣传中国共产党的抗战主张，队伍得到了迅速发展和壮大。他们苦练本领，英勇杀敌。攻打肥城汉奸维持会，首战即告捷，大大鼓舞了战士们的信心；夜袭界首火车站，刀劈鬼子兵，搅得鬼子心慌意乱；破袭津浦铁路，斩断敌人补给线，支援台儿庄战役；道朗阻击战，英勇无畏，打击了日寇嚣张气焰。这一系列战斗的胜利，大大鼓舞了泰西广大人民抗日胜利的信心，为抗战胜利做出了重大历史贡献。

红色歌谣

共产党领导咱抗战

作词：远静沧

作曲：刘欣荣

二月里，
好春天，
共产党领导咱抗战。
泰西派来张北华，
拉起抗敌自卫团。
打鬼子，
除汉奸，
保卫咱的好河山。

共产党领导咱抗战

作词：远静沧
作曲：刘欣荣

1= C 2/4
♩=80

| 5　3 | 2　3 5 | 6. 　7 | 6 3 5 3 | 2　- | 2̇　- |

| 5 3 2 | 5 3 5 6 | 2̇ 2̇ 2̇ 2̇ | 5 3 6 |（2̇ 2̇ 2̇ 2̇ | 5 3 6）|
二月里，好春天，共产党领导 咱抗战。

| 5 3 2 | 5 3 5 6 | 6 6 6 7 6 2 3 | 5. 6 5 |（6 6 6 7 6 2 3 | 5. 6 5）|
泰西派来　泰西派来张北华，

| 5 3 2 | 5 3 5 6 | 2̇. 2̇ 2̇ 2̇ 5 3 5 | 6. 7 6 |（2̇ 2̇ 2̇ 2̇ 5 3 5 | 6. 7 6）|
拉起抗战　拉起抗战自卫团。

| 5 3 2 0 | 5 3 5 6 0 | 6 6 6 7 6 7 2 3 | 5. 6 5 |（6 6 6 7 6 7 2 3 |
打鬼子，除汉奸，保卫咱的好河　山。

| 5. 6 5）| 5 3 2 0 | 5 3 5 6 0 | 6 6 6 7 3̇ 3̇ | 2　- ‖
　　　　打鬼子，除汉奸，保卫咱的好河　山。

忆秦娥·雪夜哨兵

作词：程重远

作曲：刘欣荣

朔风号，

大雪漫漫天不晓。

天不晓，

犬吠尖碎，

月冷星消。

抗日征途凭曲遥，

英雄武装志气豪。

志气豪，

势吞倭奴，长缨龙跃。

忆秦娥·雪夜哨兵

作词：程重远
作曲：刘欣荣

$1=C$ $\frac{4}{4}$
$\quad=60$

| 2 1 2 - 0 | 5 4 2 1 1 0 | ♭7 5 2 - 0 | 1 ♭7 1 - 0 |
朔 风 号， 大雪 漫漫 天 不 晓。 天 不 晓，

| 2 5 2 1 0 0 ♭7 | 1 2 1 - 0 | ♭7 5 ♭7 1 1 0 2 | 5 4 ♭7 1 1 - |
犬 吠 尖 碎， 月 冷 星 消。 抗 日 征 途 凭 曲 遥，

| 2 1 2 4 4 - | ♭7 1̇ 4 5 - | ♭7 5 1 2 - |
英 雄 武 装 志 气 豪。 志 气 豪，

| 1· 1 2 1 0 ♭7 5 | 5 4 5 - 1· 1 | 2 1 0 ♭7 1̇ 2̇ | 2̇ - - 0 ‖
势 吞 倭 奴， 长 缨 龙 跃。 势 吞 倭 奴， 长 缨 龙 跃。

泰汶谣

泰西起义歌

词曲：刘欣荣

鹁鸽崖，盘龙山，
十个人来，十一条枪。
空杏寺，烽火燃，
泰西汇聚英雄团。

大年夜，大雪飞，
突袭维持会抓汉奸。
六十多里，急行军，
打得鬼子上西天。

磨大刀，炸大桥，
泰西壮士志气高。
举大旗，保家乡，
泰西烽火冲云霄。

图 4-1　作者指导的原创泰安红色歌舞剧《泰汶组歌》中的《泰西起义歌》剧照
（作者拍摄于 2023 年 5 月）

泰西起义歌

词曲：刘欣荣

1= D 4/4

♩=125

6.5 6 0 0 | 3.2 3 0 0 | 5.5 5 3 2 5 2 | 3 — 0 0 |
鹁 鸪 崖，　　盘 龙 山，　　十 个 人 来，十 一 条 枪。

6 5 6 0 0 | 5 2 3 0 0 | 5 5 5 3 2 5 | 6 — 0 0 |
空 杏 寺，　　烽 火 燃，　　泰 西 汇 聚 英 雄 团。

6 5 6 — 0 | 2 5 6 — 0 | 1 1 6 5 3 | 5 2 3 — |
大 年 夜，　　大 雪 飞，　　突 袭 维 持 会 抓 汉 奸。

6.6 6 5 6 0 | 6 1 5 6 — | 5.5 5 3 2 5 | 6 — X X. |
六 十 多 里，　急 行 军，　　打 得 鬼 子 上 西 天。　哈 哈！

3 2 3. 0 | 2 1 2. 0 | 6 6 6 5 1 5 | 6 — 3 — |
磨 大 刀，　　炸 大 桥，　　泰 西 壮 士 志 气 高。

3 2 3 — | 2.2 1 2 0 | 5 5 5 3 2 5 | 6 — 0 0 ‖
举 大 旗，　　保 家 乡，　　泰 西 烽 火 冲 云 霄。

镇风（节选）

作词：黄白莹

作曲：刘欣荣

飓风摇撼山岳了，
群之潮流在大地奔腾了。
奋起啊！
有铁血的同志！
我们要扫荡起洗刷宇宙的狂风！

镇风（节选）

作词：黄白莹
作曲：刘欣荣

1= G 4/4

♩=75

| 6̣ 6̣ 0 6̣ 7̣ 6̣ | 3 3 3 - | 2· 2 2 2 0 3 2 1 |
1.2. 飓 风 摇 撼 山 岳 了， 群 之 潮 流 在 大 地

| 7̣ 7̣ 7̣ - | 6̣· 6̣ 6̣ 0 0 6̣ | 7̣ 6̣ 3 3 - |
奔 腾 了。 奋 起 啊！ 有 铁 血 的 同 志！

| 4 4 3 2 2 2 2 | 0 3 2 1 7̣ - 0 | 1. 1 6̣ - 0 :||
我 们 要 扫 荡 起 洗 刷 宇 宙 的 狂 风！

结束句
| 2 7̣ 7̣ - | 1̇ 6 - 0 | 1̇ 6 - 0 ||
刷 宇 宙 的 狂 风！ 狂 风！

抗日模范县——长清

作词：董千里

作曲：刘欣荣

魑魅结魍魉，昼夜嗜血腥。
天旱地龟裂，蝗过谷穗空。
灾祸年连月，苦难催人醒。
平原到山区，处处愤怒声。

狂风识劲松，时艰造英雄。
鱼水紧相依，团结战困境。
出唱进行曲，归吟满江红。
遍地游击战，鬼怪难逞凶。

滔滔黄河水，巍巍峰山岭。
保我好河山，血肉筑长城。
红星照险路，含笑迎黎明。
抗日模范县，青史留美名。

抗日模范县——长清

作词：董千里
作曲：刘欣荣

1= G 4/4

```
3  3    1 5 6 5  | 3 2 1 6  3  -  | 2 2   1 2 3 2  -  |
```
1. 魑魅　　结魍魉，　昼夜嗜血腥。　　天旱　　地龟裂，
2. 狂风　　识劲松，　时艰造英雄。　　鱼水　　紧相依，
3. 滔滔　　黄河水，　巍巍峰山岭。　　保我　　好河山，

```
5 3 2 1  2  -  | 1 6 1 2  1 6  0 | 3 2 1 6  6  -  |
```
蝗过谷穗空。　　灾祸年连月，　　苦难催人醒。
团结战困境。　　出唱进行曲，　　归吟满江红。
血肉筑长城。　　红星照险路，　　含笑迎黎明。

```
2  2    1 2 3  5  -  | 2 2  3 3  1.   0 ‖
```
平原　　到山区，　处处愤怒声。
遍地　　游击战，　鬼怪难逞凶。
抗日　　模范县，　青史留美名。

山东八路军真是好

作词：佚名

作曲：刘欣荣　张菡

山东八路军呀，那个真是好，

八项注意样样能做到，

咱老百姓都说是纪律好。

吃的是糠饼呀,铺的是干草,
穿的衣服更是谈不到,
冷和暖都能穿着这一套。

没有钱开饷呀,枪支是土造,
汉奸土匪都被消灭了,
日本强盗都被他赶跑了。

为的求解放呀,为的把仇报,
流血牺牲个个是英豪,
咱老百姓都记在心里了。

山东八路军真是好

作词：佚 名
作曲：刘欣荣 张 菡

1=♭D 4/4
♩=118

| 6̣ 6̣ 3 3 | 2· 3̲ 6̣ — | 2 2 1 5 | 3 — — 0 |

1. 山 东 八 路 军 呀， 那 个 真 是 好，
2. 吃 的 是 糠 饼 呀， 铺 的 是 干 草，
3. 没 有 钱 开 饷 呀， 枪 支 是 土 造，
4. 为 的 求 解 放 呀， 为 的 把 仇 报，

| 6̣· 6̣ 6̣ 3 3 | 5 6 5 3 — | 2̲·̲ 2̲ 2̲ 2̲ 2 2̲ 2̲ | 7 5 6 — ‖

八 项 注 意 样 样 能 做 到， 咱 老 百 姓 都 说 是 纪 律 好。
穿 的 衣 服 更 是 谈 不 到， 冷 和 暖 都 能 穿 着 这 一 套。
汉 奸 土 匪 都 被 消 灭 了， 日 本 强 盗 都 被 他 赶 跑 了。
流 血 牺 牲 个 个 是 英 豪， 咱 老 百 姓 都 记 在 心 里 了。

泰西党校歌

整理者：宋元明　刘欣荣

看黄河的岸旁，
看泰山的西方，
澎湃汹涌啊。
那排天的火浪，
它烘烧着庞大熔炉，
它冶炼那纯净钢浆，
不断地液体凝固，
一批批镰斧刀枪，
辛勤地霍霍细磨，
见个个犀利锋芒，
这就是布尔塞维克的生产行列，
这就是布尔塞维克的部队武装。

泰西党校歌

整理者：宋元明　刘欣荣

1= F 4/4

庄严、雄伟地

| 0 3 | 6 1 7 6 6 | 6 3 | 2 6 3 3· |

　看　黄　河　的　岸　旁，　看　泰　山　的　西　方，

| 2 6 6 3 | 3· 1 2 3 1 1 | 2 2 3 1 7 6 | 0 3 |

澎　湃　汹　涌　啊。那　排　天　的　火　　浪，　它

| 6 6 6 1 7 6 6 0 6 | 3 3 3 2 4 3 3· 0 | 1· 3 3 5· 5 |

烘　烧着庞大熔炉，它　冶炼那纯净钢浆，　不　断地液　体

| 6 5 6· 5 6 | 1 7 6· 3 | 6 - - 0 |

凝　固，一　批批镰斧刀　　枪，

| 2 1 2 3 5 3 1 0 | 3 3 5 3 1 2 2 0 | 3 3 5 6 6 1 1 6 5 |

辛　勤地霍霍细磨，　见个个犀利锋芒，　这　就是布尔塞维克的

| 3 3 2 1 2 3 - | 3 3 5 1 1 6 1 6 5 | 3 3 2 1 7 6 - ‖

生　产　行　列，　这　就是布尔塞维克的　部队武　装。

谢池春·徂徕山、泰西起义

作词：宋元明

作曲：刘欣荣

先辈从戎，飒爽气吞倭虏。

赴徂徕，空杏寺聚。

旌旗遥指，拯东西麋戮。

劲敌凶，最终输误。

神州巨变，饮水思源怀古。

马头山，龙山北楚。

丰碑高耸，望今人腾舞。

再登攀，党旗如故。

谢池春·徂徕山、泰西起义

作词：宋元明
作曲：刘欣荣

1=♭B 4/4
♩=80

| 2 2 6 6 6· | 1 1 7 7 5 | 6 — — — |
先辈从戎， 飒爽气吞倭虏。

| 2 2 3 4 — | 5 6 5 4 | 3 3 3 3 |
赴徂徕， 空杏寺聚。旌旗遥指，

| 5 4 3 2 | 3 — 5 4 3 | 2 2 1 2 — |
拯东西鏖戮。 劲敌凶，最终输误。

| 2 — — 0 | 2 2 6 6 6· | 1 1 7 7 5 |
神州巨变， 饮水思源怀

| 6 — — — | 2 2 3 4 — | 5 6 5 4 |
古。 马头山， 龙山北楚。

| 3 3 3 3 | 5 4 4 3 2 | 3 — — — |
丰碑高耸，望今人腾 舞。

| 2 2 1 1 — | 2 1 5 6 | 6 — — — ‖
再登攀， 党旗如 故。

第四篇 泰西烽火战歌

·75·

张北华：宁折不弯　英勇向前

张北华，1911年出生，原籍山东省商河县营子镇，1930年加入中国共产党，一生为党工作。其中泰西抗战的烽火是最重的一笔。

1937年底，张北华与崔子明、远静沧等同志一起，着手发动群众，组织抗日游击队，开展泰西游击战争。

1938年1月，他们宣布成立"山东西区人民抗敌自卫团"，张北华被推选为自卫团主席，对敌人接连展开出击。

这一年的农历腊月二十八，张北华率领60余名精干的队员，手持大刀，悄悄地夜袭界首车站。他和崔子明、刘西岐一起深入敌营，砍死十几名正在酣睡中的日军，并夺了两支崭新的日本三八式步枪和一支德国造马枪。次年的4月3日，他又带领自卫团在肥城与日军进行白刃激战，重创了敌人。

新中国成立后，他曾任中共济南特别市委副书记兼组织部长，徐州市市长、市委书记，甘肃省委常委、省监委书记等职。1975年逝世。

远静沧：埋骨岱岳　英灵永存

远静沧，1901年出生，河北任丘人，1929年加入中国共产党。他的革命信仰坚定，善于做鼓动宣传工作。1934年，曾于狱中坚持绝食斗争，并写下了感人的诗篇，以明革命心志。

抗战全面爆发后，他遵照党的指示，脱下长衫到游击队。1938年1月，领导发动了泰西抗日武装起义，创建了山东西区人民抗敌自卫团，并任政治部主任。同时，他又写下许多抗战新词，极大地鼓舞了同志们的革命热情。

1938年4月6日拂晓，在道朗镇反击日军的"围剿"战斗中，他英勇顽强，带领战士向敌人猛冲，却不幸壮烈牺牲，时

图4-2　远静沧

年37岁。后迁葬泰安烈士陵园。

黄白莹：诗情浩荡　革命飓风

黄白莹（1917—1941），原名黄冠义，笔名白莹、白丁、欧阳丽娜，原籍广东南海，生于天津。他以雄浑豪壮、粗犷刚健的诗句，向人们发出了奋起抗战的庄严呼唤，是20世纪30年代天津著名的革命诗人。他以诗歌为武器，讴歌劳苦大众，揭露黑暗统治，为抗战擂鼓呐喊。1937年，他加入中国共产党，他以诗歌作号角，创作了大量革命诗篇，如《长征》《重温》《五月》等，极大地激励着天津人民的战斗意志。天津沦陷后，加入"平津学生流亡同学会"，在山东开展抗日宣传。1937年10月，在山东组织建立了鲁西北抗日政权，领导抗日武装开展游击战争，并在聊城创办了《抗日战报》。1939年春，任泰西地委宣传部部长。1941年3月12日，在肥城西南莲花峪对日作战中壮烈牺牲。

图4-3　黄白莹

崔子明：铁骨誓言　死而后已

崔子明（1903—1986），山东省泰安县夏张（今山东省泰安市岱岳区夏张镇）人，中共早期党员，泰西抗日武装起义主要领导人之一。1933年2月加入中国共产党。同年3月，他被中共泰安县委任命为二区区委书记，后由于叛徒的出卖而被捕。在监狱里，他发出"为党的事业死而后已"的誓言。1937年12月31日，日军侵占泰城。1938年1月1日凌晨，他与张北华、远静沧等人在夏张镇小学举行了抗日武装起义，当夜把起义队伍拉到盘龙山的鹁鸪崖山洞，点燃了泰西抗日武装起义的星星之火。

管伟：抗敌无畏　赤子青春

管伟（1918—1938），原名管仲富，1918年出生于山东省肥城县（今山东省肥城市）安临站镇站北头村一个殷实的家庭里。6岁他就被送进学堂。1934年，他结识了共产党员、进步教师辛俊卿等，思想发生了深刻的变化，开始认识到只有为天下大多数人谋利益才能算得上是真正有用的人。1937年七七事变后，管伟积极参加抗日宣传活动。1938年1月1日，泰西抗日武装起义爆发，管伟参加了山东西区人民抗敌自卫团。1月28日，自卫团挑选部分精干人员夜袭界首日军。管伟听到消息后，坚决要求参加战斗。战斗中，他在掩护同志们撤退时，被一颗罪恶的子弹打中，夺去了年轻的生命，年仅20岁。山东西区人民抗敌自卫团和肥城县各界群众，为烈士举行了追悼大会和隆重的安葬仪式。自卫团政治部主任远静沧亲自致悼词。他是泰西抗战牺牲的第一位烈士。

米英俊：毁家纾难　回族楷模

米英俊，1917年出生，山东省肥城市人，回族。

1937年，日本帝国主义侵华后，他抛家舍业，仅用三支半枪和大刀、红缨枪组织起了"回民抗日游击小组"，全部由回民子弟组成，并义无反顾地走上了革命道路。1938年5月，队伍发展成"回民连"。这支抗日武装队伍主要在肥城一带活动，他们骁勇善战、不怕牺牲。

1943年10月，米英俊在长清反击敌人"扫荡"时，不幸身受重伤，光荣牺牲，年仅26岁。组织上对其高度评价，称其为一位优秀的共产党员、一名回族抗日英雄，并将新组建的回民支队命名为"米英俊支队"。

图 4-4　米英俊

魏克：烽火日记　战歌如旗

魏克，1920年11月出生于山东济南，18岁参加了山东西区人民抗敌自卫团（后编为八路军山东纵队第六支队），同年6月加入中国共产党。之后，他一直在泰西地区坚持抗战。解放战争时期，又先后参加了鲁西南战役、淮海战役、渡江战役。后来又随解放军第十八军进军西藏，戍守边陲20年。

从18岁到99岁，从泰山到喜马拉雅山，从抗日战争、解放战争到解放西藏，从青春岁月到百岁新生……老兵魏克是少有的将几十载风云变幻——记录下来的人。从 1938 年至 2018 年，整整 81 年的魏克日记，成为人们了解历史、回顾党和人民奋斗历程的真实物证，相伴民族解放、祖国腾飞的宝贵历程。

2023 年 5 月 25 日，魏克因病逝世，享年 100 岁。

王晋亭：浇灌"蔷薇" 烽火为家

王晋亭（1913—1942），原名连级，号晋三，抗战以后改名晋亭，1913 年 10 月 25 日出生于山东堂邑（今属山东聊城）冯段王庄一个中农家庭。1934 年春加入中国共产党，同年 4 月，在他的帮助和支持下，省立三师九级一班学生李士钊、八级二班学生崔立柱、二中学生金瑞昌等人创办了《蔷薇》文艺社，自费出版了《蔷薇》文艺月刊。他后任中共鲁西总支委员会组织委员、中共鲁西北特委机关巡视员、中共鲁西北特委组织部部长、中共鲁西特委任宣传部部长、鲁西区党校总支书记等职。1940 年 9 月，任中共泰西地委副书记兼组织部部长。1942 年 4 月 1 日，在开展抗日活动时与敌遭遇，转移途中不幸中弹牺牲。中共泰西地委为其举行追悼大会，1946 年 3 月迁回故乡安葬。

红色足迹

寻访鹁鸽崖

盘龙山，位于泰安市岱岳区夏张境内，风光秀丽，山峦起伏。与卧龙山、小泰山、金牛山、青龙山、五龙山、凤凰山等蜿蜒起伏于夏张东、北、西部，南部是汶阳田。我们驱车前来寻找抗日英雄当年藏身的鹁鸽崖山洞。汽车行驶在山

图 4-5 作者在泰西抗日武装起义旧址（拍摄于 2022 年 3 月 6 日）

村蜿蜒曲折的柏油马路上，窗外是山峦、村庄、农田、果园、白墙红瓦的农舍，它们组成了一道美丽的风景线。行至开阔处，抬眼望去，只见一排排光伏电板整齐地铺设在山坡上，场面十分壮观。

前方出现了岔路口，正不知该往哪里走时，一位

图4-6 作者向老乡询问鹁鸽崖位置（拍摄于2022年3月6日）

老人正赶着一群羊走了过来，就像是听到了我们的问询似的。朋友赶紧下去问路，羊儿乖巧地停到一旁吃草。老人指向前方说再有一里地就到了。车向前开去，果然近山顶处鹁鸽崖山洞就在高处，像古老的图腾，颇有些神秘。老百姓多称北方的野鸽子为"鹁鸽"。野鹁鸽有个习性，多栖息在较为险峻、人迹罕至的岩壁石洞或石缝中，所以这些地方往往被叫做鹁鸽崖、鹁鸽洞等。

旷野饶悲风，飕飕黄蒿草。循着一条小径往上爬，山势越来越陡峭，脚下碎石滑动、荆棘丛生，需时时披开多刺的树枝才能过人。就这样，我们一路艰辛地爬到了洞口，山洞陡立在半山腰中，抬头往上看，山洞不能直达山顶，甚为险峻。

历史已往，想家。那是大雪纷纷、北风怒吼的冬夜，十几个人顶风冒雪、忍饥挨饿，就在这小小的山洞里点燃起泰西抗日斗争的星星之火。站在洞口，脚下是令人目眩的悬崖，根本不敢探身出去，风呼呼地刮着，似乎还能听到风中传来他们的铮铮誓言……

看，漫山的光伏板在阳光下熠熠生辉，光伏联动产业正在兴起，山村迎来了新时代的科技曙光。

图4-7 作者身后的鹁鸽崖（拍摄于2022年3月6日）

南黄崖的底色

"到了——到了——南黄崖"！朋友的喊声叫醒了我，车里的氛围也开始活跃起来。我们从出发到现在，已经两个多小时了。尤其是这段山路，弯弯曲曲，在林木的掩映中，山影一座接着一座的退去。然而，在那个冬日，我站在了这片土地之上，百里行车的劳乏瞬间消失。是的，我就是为她而来。

作为一名红色歌谣的创作者，我相信只有抵达历史的现场，才有可能感受心灵的呼应。村落里，尚多石质的房屋，朴素的如同山村老人，沿着山势，一层层地向上。广场上，一群老人正安详地晒着太阳，聊着天。这泰岱余脉的回环下，山村正带着北方的温和安宁等候着我。

图4-8 济南市长清区孝里镇胡林村一棵前唐年代树龄超千年国槐（作者拍摄于2022年2月17日）

而八十余年前，风云相聚，长清大峰山根据地的中心，就在这被誉为"红色十里小延安"的南黄崖。

"家家革命，户户忠烈"的文字，不是写在书上，而是写在不顾危险养护伤员的石棚内，小小年纪跟着队伍打鬼子的路上，一村老少面对敌人的威胁毫无惧色的牺牲。以上种种，你有何感想？

"大爷，您还能给我们说说以前的事吗？"坐在老人身边，我打扰了他们的安静，笑着问道。

90岁的老人，沧桑的如同一棵树，而自己本身就是历史。他们的讲述里，有的已经遗忘，有

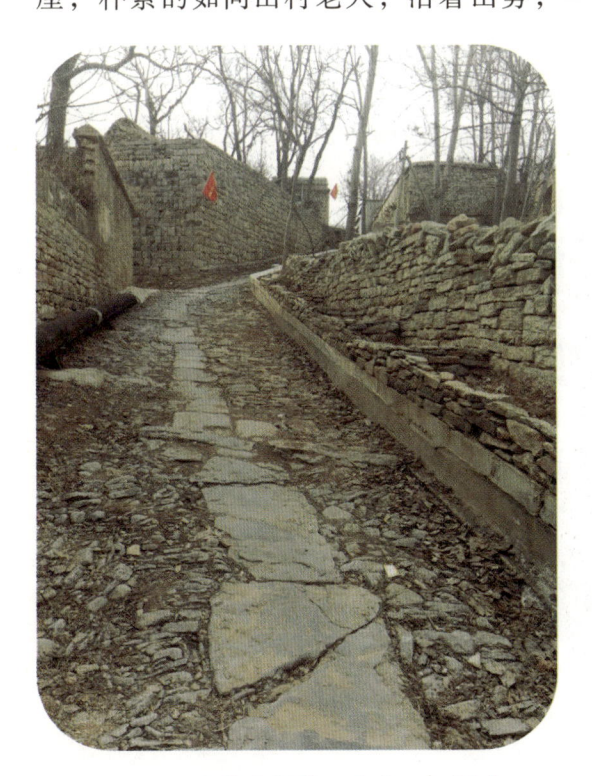

图4-9 南黄崖村的石头房、石板路（作者拍摄于2022年2月17日）

的却异常清晰。"以前呀——以前咱这儿是八路军……"也许是方言太重，有的话音听不真切，可我却都能懂得。我知道对于南黄崖的人来说，那是他们打小的经历，是活在身边的故事。

那些动人心魄的红色往事，其实就是这群百姓的祖辈、父辈一起参与、见证和创造的，而我们是寻找者。辞别了老人，我们几人沿着石板路继续行走。石头大小不一，形状各异，组成圆圈、花朵的美丽图案，异趣纷呈。一步一步，踩上去走得很踏实，带着山里人的硬气。

蓦然，一个词闯入了我的心头，铜墙铁壁。

风景总是在不经意间令人心动的。转过弯去，一株奇特的大树让我们停了脚步。因为冬天，树叶都尽凋落，然而枝丫却分明，似乎是两棵树环抱一处，一大一小，如母子般亲切，想必夏天来临时，必是葱郁生机。

"革命槐抱椿，椿树长在槐树里，战士生活在百姓中……"朋友一边读着介绍，一边解释着说。我们一行人静静地听着，抬头仰望树干的高处，一阵风拂过，高大的枝丫抖动了一下，像是问候我们这些后来人。

"欣荣，你不是常说心弦吗？我刚才有点听到了。"过了许久，朋友才说出一句话。他知道我一直在红色歌谣中不能自拔，浸染了许多年，总是要努力地找寻那支乐音。

因为那乐音从未失落，只是在我们相遇时会大声地奏鸣。我什么也没说，只是走上前去，轻轻地触碰那株槐抱椿，心底久久回响。

时光在南黄崖是神奇的，既静止又流动。午后，我们穿越在历史和现实中，寻找着属于自己的一份答案。南黄崖，源于当地的石头颜色，有点泛黄，古朴沉静。然而，行走在村内，经常有一抹鲜红入眼，五个大字"红色南黄崖"锦旗飘扬，分外有神。在老人们的身后，村里的后辈兴产业、搞振兴，正开启着一段新的红色叙事，讲述给远方的人们。

我知道，南黄崖，她的底色写在过往里，写在生活中。

图4-10 作者来到南黄崖村（拍摄于2022年2月7日）

图4-11 本书团队成员参观坐落于长清区孝里镇的山东老战士纪念馆（拍摄于2021年12月5日）

春深空杏寺

2022春末，难得的"五一"小长假，草木丰茂，秀色渐深。团队计划已久的行程启动了，目标是肥城市仪阳街道空杏寺。而我们的百里前来，却不是单为寻幽探胜，而是回望那一段革命风云，重读抗日烽火里的故事。

午后，乡村小路，弯弯绕绕，车缓缓地行进空杏寺村。它三面环山，静谧安然，和煦的春风吹来阵阵槐花的清香，暖暖的，慢慢的。伴着花香，几步石板路，空杏寺就在眼前了，据说它曾与灵岩寺齐名。

斜阳照了过来，碎影点点，落在我们一行人的行进里。鼓楼、古碑、古井，古朴清幽，古柏参天，可以遥想彼时禅修的盛象。像是所有泰汶大地上的古迹，这是我们的先民遵从信仰，以求护佑苍生的朴素表达。然而在历史的港湾里，它曾见证过另一幕。

1938年1月1日，在中共山东省委派遣的张北华、远静沧等人领导下，举行了轰轰烈烈的泰西抗日武装起义。

他们在夏张小学拉起抗日队伍，辗转于道朗盘龙山鹁鸽洞、夏张五龙山香水寺驻扎，后在今位于肥城市仪阳街道的空杏寺举行誓师大会，成立了山东西区人民抗敌自卫团，燃起了泰西抗日的烈火。

他们勇敢地向日本鬼子开战，首克肥城、夜袭界首车站……连续给津浦铁路的日军以沉重打击。经过艰苦的革命岁月，这支队伍走出了众多的开国将军和仁人志士。

小小的空杏寺，因为有这样一段印痕而不可磨灭，被载入泰城的红色史书。

历史并不如烟，尤其是置身于这样的时空里，我们"重回现场"。没有刀光剑影，没有烈火硝烟，眼前是花木扶疏、清泉畅流，耳畔是好鸟啁啾、惠风相语。可是，当我们作为后辈寻访瞻仰，总有一段"心头不能忘、心头也不应忘"的历史。

"……二月里，好春光，共产党领导咱革命。泰西派来，泰西派来张北华……"一阵具有乡土风味的歌谣响起，唱的正是那场起义。循声看去，一位老人正给孩子唱着，讲着。

我们问他是打哪里来时，老人说："我就是这个村子的，但早就不在这住喽，孙女大学放假回来了，我带她来看看，得让孩子知道咱这个村的历史。"身边的孙女搀扶着爷爷，安安静静地。虽没说话，可目光清澈，看得出她都记在心里了。

老人的面容沧桑、沉静，仿佛是一本乡土的大书，而翻阅起来则字字厚重。

寺与村伴，村随寺生，在泰西，如巨画般的天地尺幅里，重墨轻轻一点，又晕染出无限的韵味，将当下与历史收拢在一处。

"你们知道吗？空杏村栽种香椿已有千余年，被誉为'齐鲁香椿第一村'呢，咱去看看吧。"同行的李静笑着说。

可不，仰头望去，山村，除了槐树，还有许多株香椿树，那些修长而繁茂的枝叶尽情伸展，欣欣然一片荫绿，与屋前巷角闲坐的白发老人，和那些嬉笑着、跑来跑去的孩童共同组成一个新的图景。

一山尽秀，空杏春深。这是一片未曾辜负的土地，过往的悲壮与慷慨未去，深埋心底，沉潜继远，而新的生活写满了希望、和平，从此铺染开来。

图 4-12 左起刘欣荣、宋元明、李利鲁、李静寻访空杏寺旧址（拍摄于 2022 年 5 月 1 日）

图4-13 左起刘欣荣、李利鲁、宋元明、李静寻访空杏寺旧址（拍摄于2022年5月1日）

古今闻名汶阳田

"汶水汤汤，行人彭彭。鲁道有荡，齐子翱翔。"《诗经·齐风·载驱》中这样说。汤汤汶河水滋润的膏腴土地是汶阳田农耕文化的摇篮。几千年来，汶水儿女在这里繁衍生息，以超前的耕作技术、生产方式和宗法制度孕育了高度发达的农耕文明。斗转星移千年过，文脉绵延，经久不衰，辉煌的汶阳田农耕文化始终在中华文明史上熠熠生辉。

喜看稻菽千重浪，丰年把酒话桑麻。汶阳田历来都是肥城境内的沃野畎亩、硕大粮仓，生产方式的率先变革极大地解放了汶阳田的生产力。这里人烟稠密，豆麦桑麻自古富饶。春天白蒿芳香，秋日蟋蟀清脆，浓郁的田园气质。为这片依山傍水的沃野，两千年前齐鲁两国引发过多次战争，留下了"自古文明膏腴地，齐鲁必争汶阳田"的传说。

仓廪实而知礼节，衣食足而知荣辱。农耕社会聚族而居、重土轻离，衣食住行用均依赖经营土地，从而培养了汶阳人热爱家乡、吃苦耐劳和艰苦奋斗的精神。鲁学的仁者型思想和齐国的智者型思想因汶阳田的争夺在肥城交汇，融合为"仁智合一"的齐鲁文化，影响深远。

江山代有才人出，各领风骚数百年。崇尚知识、重视教育、传承文化，一直是这块膏腴之地的优良传统。富有灵气的山水，总是孕育代代人杰，与之相映成辉。春秋时期著名的史学家、文学家左丘明就在这片沃土上完成了《左传》和《国语》的著述；唐代诗人李白在汶阳田留下了《沙丘城下寄杜甫》等美丽诗篇；到了清末民初，这里又培育出马文源、汪宝树等地方文化名人。当代政治家田纪云、著名书法教育家欧阳中石等，也都延续了汶阳田传承不息的绵长文脉。

史载诸侯频用武，人杰地灵甲齐鲁。汶阳田文化历经几千年风雨而长盛不衰，大江东去，汶水西流，多少春秋轮回，多少人事兴替。而今，我们站在新时代的潮头，崇尚乡贤精神，传承优秀文化，践行君子品德，以期不负韶华！

宣讲者：李彧

实践拓展

1. 围绕泰西抗日武装起义，撰写演讲稿，歌颂革命者的大无畏精神和爱国爱民的伟大情怀，开展演讲比赛。

2. 查阅文献、实地走访，搜寻发生在泰西抗日武装起义期间的红色故事，整理出文字稿，并录制音视频。

3. 根据自己的学习和党史资料的查询，创作关于泰西抗日武装起义的漫画、插画，铭记历史，砥砺前行。

第五篇

陆房烽火战歌

知识目标

1. 了解八路军第一一五师挺进山东后开展的抗日根据地建设，深刻理解陆房突围战发生的历史背景、历史过程和历史意义，知道陆房突围战被载入了中央党史和文献研究院出版发行的《中国共产党一百年大事记》。

2. 了解日军在陆房周围制造的惨绝人寰的屠杀，感悟当地群众在战争期间捐钱捐物、送水送粮、掩护伤员、积极支持我八路军主力部队的深情厚谊和鱼水之情。

3. 深刻理解"视死如归、宁死不屈的民族气节，不畏强暴、血战到底的英雄气概，绝地反击、百折不毁的必胜信念，军民戮力、共克顽敌的鱼水情谊"的陆房突围精神。

能力目标

1. 能会唱《胜利的歌声》《陆房战役之歌》等红色歌曲。
2. 能会分析红色歌曲背后的历史背景和相应的历史事件。
3. 能在社会生活中自觉践行陆房突围精神，让自己拥有战胜困难的勇气和力量。

素质目标

1. 通过课程的学习和红色歌曲的传唱，培育革命精神和战斗情怀，坚定党的领导，树立正确的历史观。

2. 通过红色歌曲的传唱和英雄事迹的学习，学习革命者们不畏强敌、保家卫国的高尚情操，提升热爱家乡、爱党爱民的情怀和意识，坚定听党话、跟党走的信心，做新时代好青年。

红色记忆

血肉熔铸铁阵成，陆房突围焕新生

这是一场突如其来的遭遇战，硝烟弥漫，炮声隆隆，火光震天。

1939年5月10日，日伪军"扫荡"泰西革命根据地，八路军第一一五师部队及鲁西区党委、泰西地委机关三千余人被敌包围，被迫在陆房周围凭险据守，待机突围。这里三面环山，一面是丘陵，陆房在小盆地的中央，距日军司令官的指挥部仅十公里，形势十分危急。

当时，包围陆房的日军部队有八千多人，还配有重炮等武器，装备精良。由于突然遭遇敌方，我方根本来不及构筑工事，只能利用有限的地势全力阻击正面进攻的敌人。代师长陈光命令团长张仁初带领部队坚守到天黑。战士们拼力抵抗敌人的炮火重压，将一波又一波冲上来的鬼子用反冲锋强压下去。战斗最激烈时，一度出现双方近距离肉搏战。炮火纷飞中，战士们以钢铁般的意志全天共打退了敌人九次冲锋，以伤亡二百余人的代价毙伤敌一千三百多人，硬是将鬼子死死地挡在了山下。在一轮轮的艰难对抗中，夜幕终于降临。我军最终利用夜色，分路实施突围，终于在拂晓时分跳出了敌人的包围圈，取得了突围的胜利，最大程度地保存了抗日的火种。

今天，那隆隆的炮声已远去，曾经的火光枪影都化作了松涛阵阵。英雄长已逝，青山埋忠骨。我们永远都不会忘记将士们的精神，因为他们用自己的生命谱写了一曲革命的赞歌。

图 5-1 肥城陆房战斗纪念碑（拍摄于 2023 年 7 月 13 日）

红色歌谣

胜利的歌声

词曲：赖可可

伟大的战绩，

十年来的光荣，

陆房残酷的战场上，

粉碎了敌人扑灭我们的美梦。

不怕敌人的合围与围攻，

更不怕敌人猛烈的炮火轰，

钢铁一般的意志，

怎么也不能摇动胜利的突围！

党艰苦培养的成功，

冲！冲！

我们应当欢呼万岁！

我们的胜利，

就是敌人的丧钟。

胜利的歌声

词曲：赖可可

1=♭E 2/4

3 6 3 | 2 1 | 3 3 2 3 | 5 3 5 | 5 0 6 6 | 5· 3 2 | 1 3 2 |
伟 大 的 战 绩，十 年 来 的 光　　荣， 陆 房 残 酷 的 战 场 上，

2 5 3 2 | 5 5 | 5 3 5 3 2 | 5 3 | 1 - | 3 3 2 3 3 | 3 3 2 3 |
粉 碎 了 敌 人 扑 灭 我 们 的 美 梦。 不 怕 敌 人 的 合 围 与 围

1 0 1 | 6 6 5 3 | 5 3 2 2 | 1 1 - | 0 i | i· 6 5 5 |
攻， 更 不 怕 敌 人 猛 烈 的 炮 火 轰， 钢 铁 一 般 的

5 5 0 | 0 5 5 5 | 5· 3 2 | 1 3 0 | 0 3 2 i | i 1 0 | 0 1 5 3 |
意 志， 怎 么 也 不 能 摇 动 胜 利 的 突 围！ 党 艰 苦

3 3 3 1 2 | 5 0 | 5 5 0 | 3 3 2 3 | 5 3 | X X X | 3 2 3 | 5 5 |
培 养 的 成 功， 冲！冲！ 我 们 应 当 欢 呼 万 岁！ 我 们 的 胜 利，

6 6 | 5 6 6 | 2̇ | 3̇ 2̇ | i - ‖
就 是 敌 人 的 丧　 钟。

樊坝胜利歌

作词：民谣
作曲：刘欣荣　赵弈筱

正月里来正月正，
东进支队到山东。
罗荣桓陈光领兵马，
杨勇将军是先行。

二月里来杏花红，
奔袭樊坝是杨勇。
活捉伪军五百七，
义释团长刘玉胜。

樊坝胜利歌

作词：民　谣
作曲：刘欣荣　赵弈筱

1=C 4/4

5 1 6 5 3 | 5 6 5 — | 3 2 5 6 5 6 1 | 1 5 6 5 0 |

1. 正月里来正月正，　东进支队到山东（嘿!）。
2. 二月里来杏花红，　奔袭樊坝是杨勇（嘿!）。

‖: 2 3 5 3 5 | 6 6 5 3 2 0 | 5. 6 5 3 | 5. 6 1. 0 :‖

罗荣桓陈光　领兵马，　杨勇将军　是　先行。
活捉伪军　五百七，　义释团长　刘　玉胜。

结束句

5. 6 5 3 | 5 0 6 0 | 1 — — 0 ‖

义　释团长刘　玉　　胜。

陆房战役之歌

作词：张道营

作曲：刘欣荣

钢枪早已擦亮，

豪情怒火万丈，

我们穿行在熟悉的山冈，

把冲锋号角吹响。

子弹早已上膛，

胸中充满力量，

我们坚守在肥猪山凤凰岭，

把敌人打得晕头转向。

冲啊！冲啊！

胜利红旗迎风飘扬。

陆房！陆房！

战斗精神永放光芒。

注：张道营，笔名道赢，1986年入伍，军旅生涯30载，业余时间喜欢与文字做伴。曾在军地报刊发表小说、散文、诗歌、歌词百余篇。

陆房战役之歌

作词：张道营
作曲：刘欣荣

1= C 4/4

♩=186 坚强有力地

| 5 5 6.5 3 1 | 1. 1 1 1 6 5. | 6. 6 6 6 6 7 6 6 5 2 |
钢　枪　早已擦亮，豪情怒火万丈，我们穿行在熟悉的山　岗。

| 3 3 3 3 3 5 3 0 | 1. 1 1 1 2 1 0 | 2. 2 2 2 3 2 0 |
把春风号角吹响。　子弹早已上膛，　胸中充满力量，

| 3. 3 3 3 3 4 4 4 2 2 2 | 1 1 1 2 3 4 3 6 5 | 5 — — 0 |
我们坚守在肥猪山凤凰岭，把敌人打的晕头转向。

| í í. 5 5. | 1. 1 2 1 3 1 6 | 5 — — 0 |
冲啊！　冲啊！　胜利红旗迎风飘　扬。

| í í. 6 6. | 5. 5 6 5 7 5 2 | í — — 0 ‖
陆房！　陆房！　战斗精神永放光　芒。

七律·陆房血战

作者：宋元明

派兵入鲁开新篇，东进桃乡戮日顽。
黄土岭旁白刃战，肥猪山上炮声酣。
罗荣桓帅遥策划，陈世椿君近聚歼。
八路雄兵杀鬼寇，国府重庆奖令颁。

陈光：以勇执戈　铁血青春

陈光，1905年出生，湖南省宜章县人，一生为革命出生入死，战功赫赫。

长征途中，他与战友们强渡乌江天险、四渡赤水……曾一昼夜行军狂奔120公里，创造了军史上的奇迹——飞夺泸定桥，打开了红军的北上之路。1939年3月，八路军第一一五师在代师长陈光、政委罗荣桓的率领下进入泰西地区，随即打开了抗日局面。

5月10日，八路军三千余人在东陆房一带与人数占优的日军遭遇，陆房突击战展开。战斗异常激烈，英勇的八路军毫不畏惧，顽强地与敌人展开殊死搏斗。部队在陈光和罗荣桓的指挥下，凭险据守，给予日军以沉重打击。经过一天的激战，毙伤日伪军一千三百余人，并在傍晚胜利突围，保护了抗日力量。

陆房突击战是我八路军主力部队初到山东之后进行的第一次战役性战斗，是继平型关大捷之后取得的又一次重大胜利，为巩固发展山东抗日根据地、坚持抗战、夺取抗日战争的胜利奠定了基础。

苏静：虎穴探秘　情报尖兵

苏静，1910年出生于福建省海澄县（今福建省漳州市龙海区）一个贫苦农民家庭。生活的艰辛，让他有了朴素的革命观，22岁便加入了红军，成为一名具有缜密思维、考虑周详的革命者。

长征途中，他身为侦察科参谋，也是开路先锋，每一路线都要带领侦察员反复来回走。他为中央红军绘制的路线图达数百张之多，仅存的几张至今仍珍藏在国家博物馆，成为二万五千里长征的重要见证。

抗战时期，在泰西的广袤大地上，苏静依然发挥了巨大的作用。泰西在日军的"铁壁合围"之中，情况十分危急。时任第一一五师东进纵队司令部秘书长的苏静和政治部民运部部长潘振武勇作尖兵，利用夜晚，机智地带领师机关的大部人员轻装疾进，从日军的缝隙中钻了出来，粉碎了日军歼灭第一一五师主力部队和党政机关的企图。

图 5-2　苏静（右二）勘察地形　　　　图 5-3　左起：陈士榘、陈光、彭畏三、罗荣桓

红色足迹

青山里的突围

远处的岈山和肥猪山呈现黛蓝色，白色的风车建在山上，正迎风转动，脚下的黄花开得正艳，正是战地野花分外黄。八十多年前，陆房战役就在这一带山脉中打响了。

这是一次置之死地、深陷重围的突围之战。

1939 年初，日军探寻已久，终于得知在平型关大败他们的第一一五师进入了山东。第一一五师由代师长陈光、政委罗荣桓率领，他们的到来好似一把尖刀插进日伪军心脏，引起了敌人的惶恐不安。

这年的 5 月 10 日，日军包围了泰西的陆房。这一地区为盆地，四面皆山，纵横不过十余里，我军三千余人被困在这一狭小地区内。5 月 11 日，激烈的战斗持续了一天。如果当晚不能突围，天明后，只要有一处被敌突破，就有全军覆没的危险。

在后人的记录中，曾有着这样一段惊心动魄的描述：深夜，师指挥所里，陈光紧锁着眉眼，盯着地图，说到："粉碎日军的围攻，办法只有一个：打！勇敢机智地打！把这块儿送到嘴边的肥肉咬碎嚼烂……寻机突围。"

今天，当我站在这里，春日里山野的一片宁静，想到八十年前的那一天，耳边一片枪炮声大作。

天亮了，凶恶的日军展开了猛烈的炮击。浓密的炮火在八路军的防御阵地倾泻而下。整个阵地上硝烟弥漫，巨石被炸得粉碎，树木被炸得飞上天，恶战打响了。肥猪山、岈山等多处制高点最为激烈，张仁初领导的686团是其中的一面旗帜。他挥舞着大刀，同战士们一起打起了肉搏战。这位勇猛的团长，被大家亲切地称为"张疯子"。一位姓董的连指导员连续刺死三个日军，身负重伤后，竟抱着一个日军滚下了山崖。

在当地老乡的帮助下，至11日夜间，我方三千余人在日军的眼皮底下神不知鬼不觉地顺利突围。

陆房战斗以弱胜强，毙伤日伪军一千三百余人。82年后的2021年，在庆祝中国共产党一百周年之际，陆房突围载入中央党史和文献研究院出版刊发的《中国共产党一百年大事记》。

一寸山河一寸血，一抔热土一抔魂。

岈山，肥猪山，凤凰山……今天的陆房，群山环绕，山色青青，静谧安宁，四面一片春色。槐花洁白芬芳，老椿芽树在逆光中呈现紫色的光晕。整齐的麦苗，孕育着新一季的希望。

我想，这也是前辈所愿吧。是的，盛世如愿。

宣讲者：许基杰
（思政部2022级党务1班）

图 5-4　作者带领学生在陆房纪念馆参观学习并合影留念（拍摄于2023年7月13日）

跨越时空的相聚
——献给安临站土地上长眠的革命先辈

宣讲者：陶昱君

我惊扰了清晨的清静

漫步在你生活过的小镇

苍穹仍着蓝色衣裳

但是啊，一切都已不一样

你踏过的泥地，人群熙熙攘攘

你爬过的山头，百花竞相开放

初春的风卷起嫩草的香

轻扰百年的历史过往

来探我们过得怎样

我寻你畅聊往日状况

你却只把心事消磨在山谷的阳光

把情愫附加在人间万盏灯火辉煌

我与你提起信仰

你畅谈陆房战斗挺起的胸膛

笑谈布山突围的炯炯目光

刀山火海中游离于生死存亡

我低下头眼含着泪光

安临站早已脱胎换骨

圣井峪而今换了装

石头村喜迎着新模样

听戏　求学　相聚　举杯

平凡中映照着美好光芒

人的思念没有声响

都在烟火里对你追思和赞赏

你舍尽所有换来人间安康

我们精心珍藏

你我年纪相仿

你走时山河破碎，民族动荡

而此时国泰民安，山河无恙

我，已在绝美的世上

这世间，换了模样

你听

万物苏醒，孩童嬉笑

莺飞草长，美好正当

带着你的无限希冀

我走向远方

战歌响彻一生
——采访王汇川老人

2021年12月5日上午，我有幸采访到王汇川老人。

王汇川，1927年12月出生于山东肥城，12岁时他跟随村里的人参军，加入了八路军第一一五师，在罗荣桓政委身边担任勤务员。新中国成立后，曾任济南市文化局副局长、市文联副主席。编写出版了《罗荣桓元帅功著山东》系列丛书。

在济南郎茂山小区，王汇川老人的家中，我们一行五人有幸见到了老人。这是一栋建于20世纪90年代初的单栋建筑，陈旧而斑驳。一进门，身形高大的王汇川老人，虽94岁高龄，但精神矍铄，说话清晰有力。一见到我们，老人便递给我一张他手写的《陆房战斗胜利突围歌》歌

图5-5　2021年12月5日王汇川老人为本书题词并与作者在家中合影留念

谱，随即流畅地大声朗读了起来，紧接着唱了起来。坚强有力的声音响彻整个房间。尤其是当唱到"冲！冲！冲！"这句时，老人的声音更加有力了，左手拿着歌词，右手有力地挥舞着动作，眼睛目视着前方……

这响亮的歌声、挺拔的身姿，像是一名迅速集结到位、待令出击、即将冲向战场的无畏生死的战士。

王汇川老人家中的书柜里码放着一摞一摞的日记和剪报。在书柜的顶端，摆放着一幅"学吃亏"的书法镜框。据老先生说，这原是祖上留下的一块匾，因被烧毁而由后世子孙重新书写的。

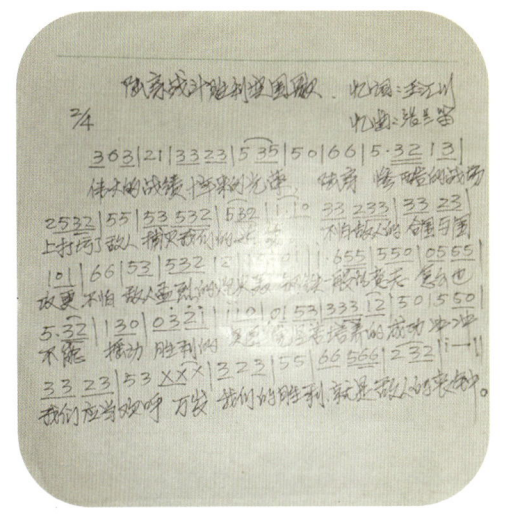

图 5-6　王汇川老人将《陆房战斗胜利突围歌》手稿赠予作者（2021 年 12 月 5 日）

图 5-7　在庆祝中国共产党 100 周年之际，陆房突围战斗载入中央党史和文献研究院发表的《中国共产党一百年大事记》（2021 年 6 月 28 日《人民日报》）

图 5-8　陆房突围胜利纪念馆（作者拍摄于 2022 年 5 月 1 日）

实践拓展

1. 参观陆房突围胜利纪念馆,全面了解陆房突围战斗的发生过程和历史意义,撰写500字左右的参观感想。

2. 查阅文献、实地走访,搜寻发生在陆房突围战斗期间的有关军民鱼水情的红色故事,整理出文字稿,并录制音视频。

第六篇

解放战歌

知识目标

1. 了解泰安在解放战争中所处的时代背景,知道在党的领导下,它先后经历了1947年新四军解放泰安、华野解放泰安、大汶口战斗才最终取得了胜利,理解泰安解放的重大意义。

2. 了解在泰安解放过程中涌现出的革命烈士及其英雄事迹。

能力目标

1. 能会唱《雪夜行军》《蒿里山三勇士》《八月十五打长清——两广纵队战斗歌谣》《张大疤》等红色歌曲。

2. 能会分析红色歌曲背后的历史背景和对应的历史事件,从歌词里学习党史。

素质目标

1. 通过课程的学习和红色歌曲的传唱,深刻感悟泰安解放的艰辛和今天幸福生活的来之不易,提升学生爱家乡、爱党、爱国的意识,积极投身家乡建设。

2. 通过课程的学习和红色歌曲的传唱,自觉传承红色基因,服务人民、奉献社会。

红色记忆

炮轰砖碎声隆隆，曙光照彻泰安城

黑魆魆暗夜狰狞，多少傀儡强自支撑。这是黎明前的黑暗，痛苦即将结束，解放的曙光马上就要照彻泰城。

一场场激烈残酷的战争正在这片土地上演。城外负隅顽抗的国民党残部在我方的全力攻击下，很快被肃清。被迫撤入城内的敌军继续顽抗。

天空中划过几颗红色的信号弹，嘹亮的号声中，总攻开始，十几门火炮吞吐着火舌，准确地摧毁着敌人的炮楼工事，轻重机枪声哒哒如密雨，暴风骤雨般打得城头砖石纷飞四溅。突击队迅猛地冲到城墙脚下，冒着敌人的枪弹架梯攻城，率先将红旗插上泰安西门城头。随后突入城内的部队将残敌包围在位于岱庙内的指挥部。在强大的军事和心理攻势下，残敌最终土崩瓦解。

久历战乱、满目疮痍的泰安古城，终于回到人民手中，获得新生。

红色歌谣

雪夜行军

作词：陈　毅
作曲：刘欣荣

泰山积雪，沂水坚冰。
冲破黑夜，奋迅行军。
杀敌气壮，万众同心。
擒贼擒王，共祝新春。

一九四七年二月

雪夜行军

作词：陈 毅
作曲：刘欣荣

1=♭A 4/4
♩=162

```
6· 6 1 6  6 1 6 | 3 - - 4· 3 |
泰 山 积 雪，沂 水 坚  冰。   冲 破

2 2·  0 1 2 1 | 7 - - 3 | - - 0 0 |
黑 夜，  奋 迅 行 军。

3· 3 1 6·  0 6 1 6 | 3 - - 4· 3 |
杀 敌 气 壮， 万 众 同 心。  擒 贼

2 2·  0 1 2 1 | 7 - - 0 2 | 1 7 6 - - ‖
擒 王， 共 祝 新 春。   共 祝 新 春。
```

蒿里山三勇士

词曲：刘欣荣

蒿里山，三勇士，

一挺机关枪坚守南山顶。

炸不倒，压不垮，

攻如猛虎，守如泰山。

蒿里山，红色的山，

一座英雄山，英雄山。

蒿里山三勇士

词曲：刘欣荣

1= F 4/4

```
1 1 6 5 4 | 2 - - 0 | 5 4 5 - | 6 4 5 - |
              蒿  里 山，   三 勇 士，

6 6 5654 | 5421 2 - | 2 1 2. 0 | 5 1 2. 0 |
一挺机 关枪 坚守南山顶。  炸 不 倒，  压 不 垮，

1 1 6 5 4 | 541 2 - | 1 1 6 5 4 | 541 2 - ‖
攻 如 猛 虎，守如泰 山， 攻 如 猛 虎  守如泰 山。
```

八月十五打长清
——两广纵队战斗歌谣

作曲：刘欣荣

八月那个十五呀是中秋，
咱们的队伍打长清。
同志们，辛苦了！
英勇杀敌向前冲，
打下长清立功劳！

注：1948年9月16日，正值农历的八月十四日，再过一天，就是中秋佳节。而正是这一天，华东野战军为解放济南，令两广纵队扫清济南外围的国民党驻军及地方武装力量。纵队文工团来到前沿阵地，火线演出了歌曲《八月十五打长清》。激昂的歌声在阵地上回荡，平添了一股杀敌立功的英雄气氛。

八月十五打长清

——两广纵队战斗歌谣

作曲：刘欣荣

1= C 4/4
♩=100

| 6 6 6 5 6 i 3 2 | 3 2 6 6 — | 5 5 3 5 3 |
八月那个十 五呀是中 秋，　　咱们 的队伍

| 2 5 3 — | 2. 2 2 2 1 5 2 3 | 2. 2 2 2 1 5 2 3 |
打 长 清。　　同 志们，辛苦了！(合)同 志们，辛苦了！

| 6. 6 6 5 i 5 6 | 6. 6 6 5 i 5 6 | 3 3 2 i i |
英 勇杀敌向前冲，(合)英 勇杀敌向前冲，大家 长 清

| 2 i 5 6 — | 3 3 2 i i | 2 i 5 6 — ‖
立 功劳！　　(合)打下 长 清 立 功劳！

张大疤

词曲：刘贤

张大疤呀张大疤，人家上课他却乱说话，

有人好意推他一把呀，他就翻脸把人骂。

谁来上课他也瞧不起，课堂纪律从来不注意，

在人背后画小鳖呀，调皮捣蛋谁也无法比。

睡起觉来数第一，三遍两遍谁也叫不起，

有人和他讲道理呀，他倒和人翻脸皮。

平时他学习不努力，到了测验就着了急，
横想竖想也想不起呀，拿着钢笔来煞气。
人家开会他闹火，讨论会上一句话不说，
两月买了个学习本啊，写的没有撕的多。
张大疤你听我说，革命军人应当好好学，
学了知识本领多啊，打起仗来一个顶两个。

张大疤

1 = F 2/4

词曲：刘贤

| 5 3 2 | 1 1 | 5· 6· | 5 | 1· 5 1 3 | 5 4 3 2 3 |

1. 张　大　疤呀　张大疤，人家上课　课堂纪律　他却乱说话，
2. 谁来上课　他也瞧不起，课堂遍两遍　从来不注意起，
3. 睡起觉来　数第一，到了测验　谁也叫不着急，
4. 平时他学习不努力，他闹火，讨论会上　一句话不说，
5. 人家开会　他听我说，革命军人　应当好好学，
6. 张大疤你

| 1· 1 5 5 | 3 3 6 6 | 5· 5 5 3 | 2 1 2 3 1 |

有人好意背后和他　推画他一把呀，他就翻脸　把人骂。
在人有人　想和想　讲小道理　调皮捣蛋　谁也无法比。
横想竖　买了个　也想不　起本领　翻来脸　皮煞气。
两月了知识　学本　多啊，拿着钢笔　没有　撕的多。
学了　　　　　　打起仗来　一个顶两个。

· 110 ·

莱芜大捷

作者：陈毅

淄博莱芜血战红，我军又猎泰山东。

百千万众擒群虎，七十二崮志伟功。

鲁中霁雪明飞帜，渤海洪波唱大风。

堪笑顽酋成面缚，叩头请罪詈元凶。

一九四七年二月

七律·新四军首克泰安城

作者：宋元明

一城司令半城兵，落日稀烟逆背行。

新四军强枪炮射，汉奸队弱厦楼倾。

杨根思勇伤鏖战，邱玉权亡落陨星。

岱岳筑修碑传世，常昭侪辈育精英。

歌声里的英雄谱

蒿里山三勇士：坚如泰山　钉子精神

蒿里山在泰安的西南角，呈马鞍形，高193米，南北两侧突出两个山头，一个是主峰北山顶，一个是次峰南山顶。登到山巅，整个泰安古城尽收眼底。这座山是一座文化之山，人文底蕴丰富，再加上其特别的形制，成为泰安城的险要屏障。

掀开历史的过往，这里就是"蒿里山三勇士"故事的发生地。

1947年3月，国民党纠集45万人马，分成3个兵团，向我山东解放区发起了"重点进攻"。但是南线兵力集中，西线的曲阜、泰安一线兵力较为分散。特别是泰安方向只有整编第七十二师，成了国民党阵形中最弱的一环。

4月，华野发起泰蒙线役。陈毅、粟裕令三纵从城西、城北配合十纵围歼泰安守敌。在我方炮火掩护下，解放军的突击队仅用20分钟即突破守敌设置的鹿砦、铁丝网等重重障碍，夺取了山鞍部高碉堡和次峰南山项。但敌人有密集的碉堡群，加上火力网交叉，反扑也很厉害。于是，我方只能后撤。

此时，意外发生了。二十三团一营二连二排战士徐光明、孙喜友、夏棋盘与部队失去了联系，没能及时撤下来。三位勇士干脆带着一挺轻机枪，进入山鞍部一个敌碉堡内坚守，犹如一颗钢钉卡在敌人的嗓子眼里。当时，三人已经连续战斗了一整晚，非常疲劳了，但他们互相鼓励说："我们是人民军队的战士，坚决不向敌人低头！""一定要牢牢卡在这里，坚持到底，迎接大部队上山！"

枪林弹雨、炮火乱飞之下，孙喜友、夏棋盘用轻机枪扫射正面之敌，徐光明用步枪轮流向东、西两侧之敌射击，打退了敌人一次次的进攻。一粒米都没沾牙、一滴水都没入口，勇士们就如钢钉一般，牢牢地钉在蒿里山上。

他们三人坚持到黄昏时分，大部队集中所有火炮猛轰蒿里山，打得反扑之敌伤亡惨重，嚎叫着往主峰逃窜，解放军大踏步地追赶。守在山鞍中的三勇士也跳出工事，配合大部队向山顶攻击。短短的半小时，顺利攻占蒿里山，干净、利落地全歼守敌。

炸不倒、压不垮、站得稳，三位勇士坚如泰山，敢于战斗，成就了一段传奇，被三纵嘉奖为"蒿里山三勇士"。

图 6-1　2000 年秋，为纪念建党 80 周年，中共泰安市委党史办宋元明和泰安电视台记者前往浙江省安吉县采访孙喜友

红色足迹

一位母亲的抗战——巾帼英雄江衍红

那是 1938 年 1 月 1 日，日本侵略军攻占了泰安城。此时的江衍红，已经是三个孩子的母亲。她出生在今山东省泰安市黄家庄的一个知识分子家庭，从小就受到了进步思想的熏陶，参加了共产党的地下抗日工作，在那个血雨腥风的日子里，她冒着危险了解敌情、传递情报，从未离开过故乡泰安。

1944 年，江衍红加入了中国共产党。这年春天，她家断了粮，江衍红刚刚出生不到七天的小女儿竟被活活饿死，她的母亲知道后派人送来了半布袋粮食，小儿子不懂事，抱着粮食不撒手，哭着喊着说："娘，我要吃馍，我饿！"江衍红不顾饥肠辘辘的孩子恳求的目光，毅然倒出一半粮食给军属家送了去。

后来，她还说服了婆婆与丈夫，先后将三个未成年的儿子送上了抗日前线。临行前，江衍红对儿子说："不要忘记娘曾经说过的岳母刺字精忠报国的故事。要干就干到底，不打败侵略军别回来。"也许你会说，为了干革命，江衍红丝毫不顾及骨肉之情，但是，每一个静谧的夜晚，她没有一天不在思念儿子，她想为孩子们缝制几件衣服，可拿起的针线一次次又放下，因为她实在不知道再次见面是何年。

最后一把米，用来做军粮；最后一尺布，用来做军装；最后的老棉被，盖在担架上；最后的亲骨肉，送他上战场。

在江衍红的鼓动下，全家都投入到了抗战事业之中。1945 年 8 月 15 日，日本宣布无条件投降。1948 年 5 月，在泰安即将解放之际，江衍红却在随后一次送文件的途中被反动派逮捕。由于江衍红誓死不向敌人吐露任何信息，惨遭杀害。

江衍红坚守革命信念、宁死不屈的事迹也传遍了泰汶大地。

新中国成立后，有人采访刘伯承元帅，希望他讲讲烽火连天的革命岁月，然而他面色沉重："你们知道吗？全国解放后，有多少母亲问我孩子在哪里？有多少妻子问我丈夫在哪里？又有多少孩子问我父亲在哪里啊？"

宣讲者：刘程欣

"一切向前走，都不能忘记走过的路；走得再远、走到再光辉的未来，都不能忘记走过的过去，不能忘记为什么出发"。如今我们缅怀先烈，重温党史，就是为了将红色基因代代相传，将初心使命牢记于心，埋头苦干、奋勇前进，为全面建设社会主义现代化国家、全面推进中华民族伟大复兴而团结奋斗！

毛公山等着你

藏小八路的大缸，刺破的刀口仍在，当时的凶险可想而知。生锈的土枪，油灯，大碗，军号，望远镜，手雷，喜报，带着浓厚的历史感扑面而来。

废弃的坦克，其庞大的身量还是让人震撼。从激烈凶险的战场上退下来之后，它们由济南军区捐赠给了馆里，静静地等着来纪念馆的人们。从隆隆炮火声中到静谧的毛公山下，它们可曾记得当年的烽火岁月？

图 6-2　毛公山

周馆长当年包了山之后，发现了毛主席像，靠着一腔热血，建成了毛公山红色纪念馆。提起其中艰难，周馆长的表情一言难尽，坦言各方面困难重重，除了资金不足，政府方面也有困难。军区赠送的废弃坦克、飞机，怕风吹日晒损毁严重，他一直想建个坦克棚，眼前的这个是他积攒三年才建起来的。他还组织了红色宣传队，演唱的《长征组歌》是由开国上将萧华创作的。

图6-3　左起：李静、李利鲁、周长杰（馆长）、宋元明、刘欣荣参观毛公山红色博物馆（拍摄于2022年5月1日）

周馆长的儿子周光辉深受父亲影响，考大学时选择了历史遗产专业，毕业后回到家乡，继续跟父亲一起进行红色纪念馆的完善和建设。

散葬革命烈士墓情况一览表显示，王瓜店、安临站两镇牺牲的烈士最多。16岁牺牲的于宪海，一直无音信，其父以为儿子活着，直到多年后不见儿子回来，去找政府打听，却依然无果。后来老人坐车去儿子所在部队，巧遇儿子战友，部队证明儿子早在1946年牺牲成为烈士。老人强忍悲痛，怀揣儿子烈士证书，回到家乡，将家人聚集在一起后告知于宪海已牺牲成为烈士，悲痛欲绝的老人很快离开了人世。不知还有多少这样的烈士奉献了生命，而家人却还在默默等待？人民战争的胜利是因为人民的奉献和支持，这就是为什么一穷二白的红军最终能战胜机械化装备的国民党军队的原因。历史需要英雄，历史更需要人民群众。一切的成功都离不开群众的支持。

图6-4　"抗战必胜"彩绘陶碗馆藏于泰安毛公山红色文化博物馆

"抗战必胜"彩绘陶碗是抗日战争时期民间创作的一件反映爱国题材的彩绘大碗，上面写有"万众一心　誓灭倭寇　抗战必胜"12个大字，充分反映出中国人民高涨的爱国热情和抗战必胜的决心。

实践拓展

1. 参观泰安烈士陵园，为革命烈士扫墓，了解革命烈士英雄事迹，并撰写参观感想。
2. 通过文献搜集、实地调研，搜寻在泰安解放过程中发生的革命故事，整理出文字稿，并通过录制音视频的形式制作出来。

第七篇

小战士之歌

知识目标

1. 了解在抗日战争时期，中国共产党在各大根据地成立儿童团的历史背景、儿童团的性质和儿童团的任务。

2. 了解党在泰安地区建立的儿童团和儿童团的英雄事迹。

能力目标

1. 能会唱《儿童团四季歌》《儿童团》《我是小小兵》《红枪头》等红色歌曲。

2. 能会分析红色歌曲背后的历史背景和历史事件。

素质目标

通过课程的学习和红色歌曲的传唱，深刻感悟儿童团英勇的斗争精神和爱党爱国的伟大情怀，引导广大青少年积极传承儿童团的精神，提升报效国家、服务人民的意识和能力。

童子稚齿奉大业　赤子之心勇担责

童年是最无忧无虑的美好时光，他们本该是祖国呵护培养的花朵，本该是读书玩乐、快乐成长的天使，可严峻的时代命运让他们过早地成熟起来，稚嫩的双肩开始担负起革命大业中的使命与任务。

抗日战争时期，各根据地大都成立了儿童团组织，他们的任务是："宣传大家打日本，侦察敌情抓汉奸，站岗放哨送书信，尊敬抗战官和兵，帮助抗属来做事，学习生产不稍停。"由于当时青壮劳力的缺失，帮助抗日军人家属也是儿童团员的工作。逢年过节，儿童团员们兴高采烈地排着队，打着光荣旗，唱着欢歌，给抗属们拜年、慰问家属，送上自己扎的灯笼和小礼物。欢快的节日、孩子们快乐的笑脸和热情的慰问冲淡了萦绕在战士家属心头的忧虑，让他们暂时忘记了革命战争的严酷和危险。

为了防止敌探、汉奸混入边区进行破坏，儿童团除了从事生产和战备外，还担负了站岗放哨的任务。站岗放哨一般两个人一组，手持红缨枪或木棍，在村边设岗巡逻，要求过往的陌生人出示单位和村里开的路条，一查出可疑的人就送到村公所或区政府去。年纪大一些的儿童团员，还帮助政府送报纸、送信件、传递公文。鸡毛信就是其中一种紧急送信方式。

在民族危亡的时刻，有一批儿童团员为了救亡事业而牺牲，刚刚绽放的生命之花也凋零了。党和人民永远忘不了这些英勇无畏的小战士，他们将永远活在我们心中。

红色歌谣

儿童团四季歌

作词：王辛

春天里，春风吹，花开草长蝴蝶飞。
大街上哨子吹，儿童团要开大会。

夏天里，麦子黄，保卫麦收兵马强。
山沟里（高山顶），小河旁，站岗放哨儿童团。

秋天里，忙打粮，粮食充足兵马壮。
核桃肥，柿子红，人人爱我好儿童。

冬天里，河水冰，去上冬学好儿童。
边区好，边区强，我爱边区像爹娘。

儿童团

演唱者：邓立阁
整理者：张圣良
作　曲：刘欣荣

儿童团，是模范，
别看年纪小，
个个是英豪。

手持红缨枪，

个个气昂昂，

又站岗，又放哨，

查汉奸，查路条，

揪住坏蛋跑不了。

埋地雷，传情报，

弄得鬼子哇哇叫。

儿童团

词曲：刘欣荣
整理：张圣良

1= D 2/4

| 1 1 2 | 1 1 2 | 6 6 5 6 1 6 5 | 2 3 2 | 6 6 5 6 1 6 5 | 2 3 2 |
儿童团 是模范 别看年纪 小，

| 1 2 3 6 | 5 - | 1 1 1 2 | 1 - | 6 6 1 6 5 | 6 - |
个个是英 豪， 个个是英 豪。 手持红缨 枪，

| 6 6 1 6 5 | 3 - | 6 6 5 0 | 3 3 2 0 | 6 6 5 0 |
个个气昂 昂， 又站岗， 又放哨， 查汉奸，

| 3 3 2 0 | 6. 5 6 5 | 6 5 6 0 | (6. 5 6 5 | 6 5 6 0) |
查路条， 揪住坏蛋 跑不了。

| 3 3 2 0 | 6 6 5 0 | 3 3 2 0 | 6 6 5 0 | 1. 2 3 5 |
埋地雷， 传情报， 传情报， 埋地雷， 弄得鬼子

| 6 5 6 0 | 6. 5 6 5 | 6 5 6 0 | X X. ‖
哇哇叫， 弄得鬼子 哇哇 叫！ 哈哈！

我是小小兵

作词：赵范明

作曲：刘欣荣

我是小小兵，

一个小小兵，

劝你莫看轻，莫看轻，

大炮俺不怕哈！

飞机俺不惊嗨！

俺有热血和敌人来拼命！

年纪小志气高，

握起拳头背起刀。

年纪小志气高，

快把虎豹来打倒！

我是小小兵

1=C 2/4

作词：赵范明
作曲：刘欣荣

```
6  6 | 7 5 6 | 6· 6 7 5 | 6 — |
我  是  小 小 兵，一 个 小 小 兵，

6 5 3 2 | 3 — | 3 2 | 3 — |
劝你莫看  轻，    莫 看  轻，

5 5 6 4 | 5 0 | 1· 1 4 6 | 5 0 |
大炮俺不怕哈！  飞机俺不惊 嗨！

5 5 4 | 2 | 1· 1 | 5 5 1 2 | 1 0 |
俺有  热  血 和  敌人来拼  命！

5 5 2 | 2 2 1 | 5· 5 5 5 | 6 4 5 |
年纪小  志气高，握起拳头  背起刀。

5 5 2 | 2 2 1 | 5· 5 5 5 | 1 2 1 ‖
年纪小  志气高，快把虎豹  来打倒！
```

红枪头

整理者：张纯岭
作　曲：刘欣荣

红枪头，柳木条，兄妹二人去放哨。
哥哥藏在山沟里，妹妹就把路条要。

山下来了一个人，贼头贼脑四处瞧。

看样子不是正经人呐，妹妹上前要路条。
那人龇牙又咧嘴呀，腰里拔出一把刀。
哥哥背后一棍子，他的头顶开了瓢。

红枪头

整理者：张纯岭
作　曲：刘欣荣

1=C 2/4

1. 红枪头，柳木条，兄妹二人去放哨。哥哥藏在山沟里，妹妹就把路条要。山下来了，山下来了一个人，贼头贼脑四处瞧。贼头贼脑四处瞧。

2. 看样子不是不是正经人呐，妹妹上前要路条。妹妹上前要路条。那人龇牙龇牙又咧嘴呀，腰里拔出一把刀。哥哥背后一棍子，

结束句
他的头顶开了瓢。

歌声里的英雄谱

儿童团是中国共产党在各革命根据地倡导建立的少年儿童组织。山东抗日根据地从县到村也普遍建立了儿童团组织，团员多数为在校的小学生。他们一边读书学习，一边参加各项抗日活动。

有一首《儿童团歌》，就真实地反映了儿童团员站岗放哨的情景：

"月儿弯弯，星光闪闪，我们都是儿童团员。站岗放哨，又当侦探，盘查行人捉汉奸。鬼子来到，我们就跑，找到八路去报告。领着八路，带起枪刀，打退鬼子，把家乡保。"

儿童团站岗放哨用的红缨枪，是山东各地流传的一种古代兵器，民间多用以习武练功。有一首《小小红缨枪》这样唱道：

"小小红缨枪，矛尖光又亮。壮丁带它去查路，儿童带它去站岗。查路放哨要留心，捉住汉奸不要放。如若鬼子进村庄，红缨枪请他尝一尝。别看小小红缨枪，坚持抗战打东洋。"

自古英雄出少年。有的革命小英雄还光荣地加入了八路军，融入火热的战斗生活，迅速成长。以下四位小战士的故事，正是他们少年峥嵘岁月的真实写照。

王保瑛：国恨家仇　红缨在手

王保瑛，1931年出生，泰安县山阳村（今属泰安市岱岳区良庄镇）人，抗战时期儿童团团员。

1938年的元宵节，她的家乡遭到了日本军队的扫荡，敌人烧杀抢掠，村庄火光冲天。她在八路军当联络员的父亲也惨死在日军的刺刀下，并在死后又被扔到水井里。

正是这种国恨家仇，让她有了一种参加革命的愿望。王保瑛报名参加了抗日儿童团，手拿一杆红缨枪，站岗放哨。后来又入党，也成为联络员。

1944年的一天，党组织在村民家里开会，让她放哨。没多久，日军的身影就出现了，正前往村子的方向。王保瑛飞速地去报信。我党武装在日军要经过的路上巧妙地布置了地雷阵，敌人一进村，就被炸死炸伤数十人。她立了大功。

乔绪安：少年八路　战场英雄

乔绪安，1928年生于今山东省泰安市房村镇东良甫村。14岁参加八路军的泰安独立营，因为年龄小，最初担任营长警卫员。他跟随部队转战徂徕山周围，搞地下活动，抓敌特、除汉奸、开展"反蚕食"斗争。

他像一名真正的士兵，勇敢地参加战斗。夏天，用草丛做掩护趴在玉米地里，蚊虫叮咬也不敢移动一分。冬天埋伏在田地里，雪落得满身都是，即使身体冻僵，也毫不退缩。

1944年底，在平阴的一次遭遇战中，五百多名日伪军袭来，敌众我寡，许多战友牺牲，乔绪安的左胳膊也受伤了。他的子弹打光后就用石头砸，继续顽强反击……直到接应部队到来。因为成功掩护战友和老乡的撤退，勇于战斗，他荣获了三等功。

阴法唐：泰山赤子　雪域将军

阴法唐，1922年出生，今山东省泰安市桃园镇张里村人，人民解放军高级指挥员、政治活动家、无产阶级革命家。

1937年初，国难当头，他参加了中共山东省委发动领导的山东西区人民抗敌自卫团，走上了革命之路。1938年，他又加入八路军山东纵队第六支队，活动于泰安、肥城等县……在一次反扫荡中，他曾以不到一个中队的兵力，英勇抗击日军汽车部队，胜利完成了任务。1945年，任独立团政治处副主任、主任，深入农村，动员组织群众，积极开展对日游击战争。

在波澜壮阔的抗日战争和解放战争中，他屡立战功，经历过无数战斗，戎马一生。

1962年，阴法唐临危受命，任对印反击作战前线指挥部政委，为反击战的胜利做出了突出贡献。主持西藏工作期间，他成功地抵制了民族分裂势力和极端宗教势力对西藏的渗透和破坏，维护了西藏的社会稳定和民族团结，保卫了国家的领土完整。

邢西彬：铁心向党　革命少年

邢西彬，曾用名邢锡彬，1925年3月23日出生，山东省泰安县邢家寨人。1938年1月，他参加了中共山东省委直接领导发动的徂徕山抗日武装起义，投身革命。当时，他年仅13岁，是八路军山东人民抗日游击队第四支队最小的战士。四支队成立后，为粉碎国民党污蔑共产党、八路军"游而不击"的谬论，四支队首长决定在寺岭伏击日本侵略军。邢西彬主动请缨，四支队副司令员赵杰只好允许，让他当通讯员。战斗中，班长杨桂芳不幸腹部7处中弹，被抢救回来后住在庄里，邢西彬还照顾他一个晚上。第二天，杨桂芳牺牲。四支队在凤凰庄为其召开了追悼会。1939年5月，邢西彬加入中国共产党。之后，历任八路军山东人民抗日游击队第四支队一中队、八路军山东纵队第四支队二团三营通讯员。

邢西彬曾深情地说："参加徂徕山起义已经80多年了，回忆起来真是感慨万千。在当前深化改革开放、走向民族复兴的伟大时代里，我们要紧跟中国共产党，奋勇前进，让红色基因永远传承。"

（此文作者是宋元明，节选自2019年2月14日《泰安日报》）

图7-1　邢西彬（右）同志向采访者宋元明赠送回忆录《我从泰山来》

红色足迹

瞻仰与缅想——走进泰安革命烈士陵园

一进门，玉兰花开得正盛，地上落花片片。古松矗立，大山环抱，鸟鸣嘤嘤，纪念碑就坐落在中央。三支步枪的造型，仿佛三位登高望远的勇士相携相扶眺望远方。

连翘含苞绽，绿梅露新蕊。一片松柏树之后是一座纪念馆。走进纪念馆，凝重肃穆之感扑面而来。墙面展示了泰安军民英勇奋战的图片，玻璃柜内陈列着一系列物品，陈旧朴素，饱含岁月的痕迹。

一条战士用过的皮带，是由最简单的铁条制成的，已经锈迹斑斑。皮箱磨损厉害，处处破裂。还有锄头刀叉，它们都是战士们手中战斗的武器。这些物品曾与英雄朝夕相伴，主人虽逝，物还在，瞻顾左右，令人痛惜。

后面墙上贴着牺牲的地委领导。远静沧，北师大毕业，与敌英勇斗争，在道朗村北与日军作战中不幸牺牲。黄白莹，善赋词，1941年在肥城莲花峪突围战中牺牲，年仅24岁。米英俊，率部英勇机智地打击敌人，令敌伪丧胆，1943年在反"扫荡"斗争中牺牲……看着一帧帧照片，其中不乏年轻和带着稚气的脸，心中久久不能平静。是这些曾经花样年华的青年、少年跟同伴们一起，怀抱着同样的理想和激情，投身到挽救民族危亡的大业中，抛洒热血，无怨无悔地为新民族解放、新中国的诞生鞠躬尽瘁、死而后已。

一面墙上是黑底白字的泰安县革命烈士英名录，小字整整齐齐、密密麻麻地排列着，让人肃然起敬。每个名字的背后都曾是一条鲜活的生命，如今化作符号立在后人眼前的都是那个时代的英雄。我仿佛看到一张张充满了朝气和力量的年轻的脸，在敌人面前勇敢无畏，呐喊着冲向敌人的炮火。我垂首站在跟前，倾听着，任双眼含泪，内心激昂如怒吼。如今的和平安宁是他们用青春和热血换来的。我虔诚地念着一个个名字，用这种最普通、最简单的方式纪念着捍卫和平的勇士们。

走出幽静的纪念馆，阳光下，碑旁一株红梅正在盛开，红艳艳的花苞无形中让人想起烈士们火热的激情，如一树红花照碧海，灼灼其华。

烈士陵园里整齐的烈士墓由灰砖建成，里面长眠的就是英雄的战士，有的甚至连名字也不知道。但在每个来瞻仰的后人心中，他们都是无畏的英雄，如高塔般的存在。他们是燃烧的火把，照亮了那个黑暗的年代。

我们正好碰上某个烈士的亲人在缅怀先烈。聊天之后，才知道烈士的儿子曾是东平县委宣传部部长，已经退休去世。英雄的儿子也同样优秀，烈士九泉之下也可以安息了。

工作人员正在修缮陵园，他们将黑色染料细细地刷在每个墓室上，还要画上白色线，看起来像是一块块灰砖砌成的。工人们认真地粉刷着，因为他们装饰的是先烈的休眠之所。大家都静静地忙碌着，胸中怀着对勇士们的崇敬与感恩。

春风依旧，青山常在。他们虽然远去了，可他们至诚奉献、无私无畏的精神却长驻世间，汇成感天动地的力量激励着后人。

革命烈士，永垂不朽！

图 7-2　泰山职业技术学院师生参观展览馆

图 7-3　士官学院学生在学院红色文化广场听革命历史讲解

图 7-4 作者指导的学生舞蹈《活着 1937》舞台表演组图（作者拍摄于 2018 年 10 月）

泰汶谣

图 7-5　作者指导的原创泰安红色歌舞剧《泰汶组歌》荣获一等奖第一名的好成绩，扮演送儿子上战场的母亲角色的同学在接受泰安市广播电视台采访（拍摄于 2023 年 5 月）

图 7-6　作者指导的原创泰安红色歌舞剧《泰汶组歌》荣获一等奖第一名的好成绩，演员接受泰安市广播电视台采访（拍摄于 2023 年 5 月）

实践拓展

1. 通过观看《小兵张嘎》《小小飞虎队》等影视作品，了解儿童团的英雄事迹，并撰写观后感。

2. 通过文献资料、网络、实地调研等形式搜集泰安儿童团的英雄事迹，整理文字稿，并录制音视频进行讲解。

第八篇

拥军支前歌

知识目标

1. 了解党在新民主主义革命时期的政治经济文化政策，深刻理解党为什么会赢得历史、赢得人民群众的支持。
2. 了解在泰安革命的过程中发生的拥军支前的感人事迹。

能力目标

1. 能会唱《好儿郎》《开会》《打花棍》《送军粮》《做军鞋》《赛花灯》《丰收歌》《迎春歌》等红色歌曲。
2. 能会分析红色歌曲背后的历史背景和历史事件，能总结出蕴含在红色歌曲里的"得道多助，失道寡助"的深刻历史道理。

素质目标

通过课程的学习和红色歌曲的传唱，感悟深厚的军民鱼水情谊，提升热爱家乡、爱党爱民的情怀和意识，坚定听党话、跟党走的信心，做新时代好青年。

红色记忆

拥军支前踊跃行,军民鱼水情意浓

在气势恢弘的前线和广大后方,各解放区人民掀起了一场轰轰烈烈的支前运动,其规模之巨大、任务之浩繁、动员人力物力之众多,为古今中外战争史上所罕见。"最后一把米,用来做军粮;最后一尺布,用来做军装;最后的老棉被,盖在担架上;最后的亲骨肉,含泪送战场"。老百姓们正是唱着这样的歌谣,投身到拥军支前轰轰烈烈的行动中。徂徕山起义后,赵新、唐克等女战士深入山村,挨门挨户地帮老大娘推碾、打水,拉家常,获得了群众的喜爱与支持,结成了良好的军民关系。许多群众主动为我们的战士送粮、送衣和生活用具。还有不少村子里出现了父送子、妻送郎和青年踊跃参军的动人景象。正是部队和群众的亲密关系,保障了战争的最后胜利。

军民一家亲,人民群众在战争中给予大量的物资、人力、兵力、财力上的大力支持,为战争取得胜利创造了必要的条件。历史和实践充分证明:人民群众始终是抗战的根本力量和力量源泉。深厚的军民鱼水情,谱写了一篇篇动人心弦的赞歌。

红色歌谣

开 会

整理者:张纯岭

锣一敲,鼓一响,大家一起上会场。
儿童团,妇救会,
整整齐齐排好队,欢天喜地来开会。

送军粮

演唱者：吴培英

整理者：李成友

作　曲：王皓玥

小车推起吱吱响，
装满军粮送前方，
主力到处打胜仗，
后方支前忙又忙。

送军粮

1=G 4/4
♩=100

整理者：李成友
作　曲：王皓玥

小车推起（咯喂）吱吱响，
装满军粮（咯喂）送前方，
主力到处（咯喂）打胜仗，
后方支前（咯喂）忙又忙。

好儿郎

传唱者：李昌山
整理者：张纯岭
作　　曲：刘欣荣

锣儿敲，鼓儿响，
姐妹妹来把秧歌唱，
不唱圆，不唱方，
单唱当兵好儿郎。

八路开辟根据地，
对于咱们有恩情，
人人拥护八路军，
我不当兵谁当兵。

齐向前，看东方，
前面来了好儿郎，
好儿郎，把兵当，
参加八路真光荣。

好儿郎

作曲：刘欣荣
整理：张纯岭

1= F 2/4
♩=120

| 5. 4 | 5 - | X. XX XX | XXX | 1. 4 | 5 - |

1. 锣　儿　敲，　　　　　　　　鼓　儿　响，
2. 八路　开辟，　　　　　　　　根　据　地，
3. 齐　　向　前，　　　　　　　看　东　方，

| X. XX XX | XXX | 5 5 6 | 5 6 4 | 5 4 2 1 | 2 0 |

姐　妹　妹　来　把　秧　歌　唱，
对　于　咱　们　有　恩　情，
前　面　来　了　好　儿　郎，

| X. XX XX | XXX | X. XX XX | XXX | 2. 1 | 2 0 |

　　　　　　　　　　　　　　　　不　唱　圆，嗨！
　　　　　　　　　　　　　　　　人人　拥　护，嗨！
　　　　　　　　　　　　　　　　好　儿　郎，嗨！

| 5. 1 | 2 0 | 4 4 2 | 4 5 6 | 6 1 4 | 5 - ‖

不　唱　方，嗨！　单　唱　当　兵　好　儿　郎。
八　路　军，嗨！　我不　当　兵　谁　当　兵。
把　兵　当，嗨！　参　加　八　路　真　光　荣。

打花棍

传唱者：侯西英
整理者：张纯岭
作　曲：刘欣荣

一根花棍一条心，
王大嫂劝郎去参军，
王大哥参加了八路军，
王大嫂，在家中，
生产学习很用功，
抗战的家属真光荣。

二根花棍一个双，
优待抗属理应当，
王大嫂家中几亩地，
耕的耕，锄的锄，
收的收来藏的藏，
大家伙动手来帮忙。

三根花棍放得欢，
王大嫂上了识字班，
抗战的道理懂得全，
又能写，又会算，
唱起歌来真喜欢，
学会了写文章一篇又一篇。

四根花棍圆又圆,

王大嫂纺线不识闲,

纺线车子呜呜转,

王大嫂,真能干,

在家从早忙到晚,

不愁吃来不愁穿。

五根花棍响连声,

王大嫂写信到了兵营,

王大哥拆开信来看,

写得好,又认真,

家中的事情甭挂心,

加紧练兵准备反攻杀敌人。

六根花棍光又光,

八路军打了个大胜仗,

老百姓家家备战忙,

王大嫂,好榜样,

做鞋做袜送前方,

抗战的夫妻美名天下扬。

七根花棍过新年,

咱先给抗属来拜年,

咱们军民努力干,

大反攻,退敌人,

家家户户乐团圆,

那时咱才过上太平年。

打花棍

作曲：刘欣荣
整理：张纯岭

1= C 4/4
♩=110

| 6 6 5 3 5 | 6 6 5 6 - | (6 6 5 3 5 | 6 6 5 6 -) |

1. 一根　花棍　一条　　心，
2. 二根　花棍　一个　　双，
3. 三根　花棍　放得　　欢，
4. 四根　花棍　圆又　　圆，
5. 五根　花棍　响连　　声，
6. 六根　花棍　光又　　光，

| 6 6 5 3 2 | 3 3 2 3 - | (6 6 5 3 2 | 3 3 2 3 -) |

王大　嫂劝郎　去参　　军，
优待　抗属　理应　　当，
王大　嫂上了　识字　　班，
王大　嫂防线　不识　　闲，
王大　嫂写信　到了　兵营，
八路　军打了个　大胜　　仗，

| 3 3 2 3 5 | 1 6 5 6 - | (3 3 2 3 5 | 1 6 5 6 -) |

王大　哥参加了　八路　军，
王大　嫂家中　几亩　　地，
抗战　的道理　懂得　　全，
防线　车子　呜呜　　转，
王大　哥拆开　信来　　看，
老百　姓家家　备战　　忙，

第八篇 拥军支前歌

| 2 2 2 3 5 3 2 0 | 2 2 2 3 5 3 2 | 2 2 2 2 3 1 6 5 |

王大嫂，在家中，　生产学习很用功，　抗战的家属真光
耕的耕，锄的锄，　收的收来藏的藏，　大家伙动手来帮
又能写，又会算，　唱起歌来真喜欢，　学会了写文章一篇又一
王大嫂，真能干，　在家从早忙到晚，　不愁吃来不愁
写得好，又认真，　家中的事情甭挂心，　加紧练兵准备反攻杀敌
王大嫂，好榜样，　做鞋做袜送前方，　抗战的夫妻美名天下

| 6 - - 0 | (2 2 2 2 3 1 6 5 | 6 - - 0) ‖

荣。
忙。
篇。
穿。
人。
扬。

| 6 6 5 3 5 | 1 2 6 5 6 - | (6 6 5 3 5 | 1 2 6 5 6 -) |

七根 花棍过新年，

| 6 6 1 6 5 | 6 5 3 2 3 - | (6 6 1 6 5 | 6 5 3 2 3 -) |

咱先给抗属来拜年，

| 3 3 2 3 5 | 1 2 6 5 6 - | (3 3 2 3 5 | 1 2 6 5 6 -) |

咱们军民努力干，

| 2 2 2 3 5 3 2 0 | 2 2 2 3 5 3 2 | (2 2 2 3 5 3 2 0 | 2 2 2 3 5 3 2) |

大反攻，退敌人，　家家户户乐团圆，

| 2 2 2 2 3 1 2 6 5 | 6 - - 0 | (2 2 2 2 3 1 2 6 5 | 6 - - 0) ‖

那时咱才过上太平年。

·143·

图 8-1　作者在徂徕山纪念馆演唱《打花棍》（拍摄于 2023 年 7 月 12 日）

赛花灯

演唱者：张立义
整理者：张纯岭
作　曲：刘欣荣

正月里，正月正，
正月十五赛花灯。
花灯盏盏多热闹，
一片绿来一片红。

咱再放个蝴蝶灯，
蝴蝶莲花放光明。
解放区的风光好，
不愁吃穿乐盈盈。

金鱼欲生相依水，
鱼儿离水活不成。
人民爱护主力军，
主力军爱护老百姓。

注：（1）张立义，男，农民，党员，良庄镇东良庄村人。

（2）花灯节一般指元宵节，最早起源于民间开灯祈福的风俗。农历正月十五是元宵节，在民间一般有挂灯、打灯、观灯等习俗，故也称"灯节"。元宵节时，以热闹喜庆的观灯习俗为主。在正月十五到来之前，满街挂满灯笼，到处花团锦簇、灯光摇曳，晚上时气氛会达到高潮。

赛花灯

整理者：张纯岭
作　曲：刘欣荣

1 = C 4/4
♩ = 120

```
6·    5  6  -  | 1·    5  6  -  |
1. 正    月 里,      正    月 正,
2. 咱再   放 个      蝴    蝶 灯,
3. 金鱼   欲 生      相    依 水,

1  1  6 7 6 5 | 2  5  6  - ‖: X· X  X X X X X :‖
正 月 十 五  赛 花 灯。
蝴 蝶 莲 花  放 光 明。
鱼 儿 离 水  活 不 成。

3  3    2  5    5  | 6    6 5  3  -  |
花 灯   盏  盏    多   热  闹,
解 放   区  的    风   光  好,
人 民   爱  护    主   力  军,

2 2  1 5 3 5 | 2  1  6  - ‖: X· X  X X X X X :‖
一 片  绿 来 一 片  红。
不 愁  吃 穿 乐 盈  盈。
主 力  军爱 护老 百  姓。
```

第八篇　拥军支前歌

·145·

做军鞋

整理者：张纯岭

作　曲：刘欣荣

小油灯，闪闪亮，

妯娌灯下纳鞋帮，

你一针，我一线，

军民情义全纳上。

做军鞋，送前方，

战士穿上打胜仗，

快把鬼子赶出去，

全国人民得解放。

做军鞋

1=F 4/4
♩=120

整理者：张纯岭
作　曲：刘欣荣

1. 小油灯，闪闪亮，妯娌灯下纳鞋帮，
2. 做军鞋，送前方，战士穿上打胜仗，

你一针，我一线，军民情义全纳上。
快把鬼子赶出去，全国人民得解放。

丰收歌

整理者：张纯岭

作　曲：王皓玥　刘欣荣

高山青，杨柳秀，

满坡麦子熟个透。

打败鬼子回家乡，

敲锣打鼓庆丰收。

丰收歌

整理者：张纯岭

作　曲：王皓玥　刘欣荣

1 = F 4/4
♩ = 80

| 1　　2 3 1 2　3　3 5 | 6　6 7 6 5　3 － |
| 高　山　　　青，　　杨　柳　　秀， |

| 6· 7 5 3 2　2 3 1 2 | 5 3 3 － － |
| 满　坡 麦 子 熟　　个　　　　透。 |

| 1· 2 6· 1 2 3 2 | 2 3 2 0　2 3 2 0 |
| 打　败 鬼 子 回 家 乡，（回 家 乡　回 家 乡） |

| 5· 3 5 6 7 － | 5· 3 5 6 7 － |
| 敲　锣 打　鼓　　　　　　　　　哎， |

| 6 7 5 6　6 5 5 | 6 － － 0　0 0 0 0 |
| 庆 丰 收 庆 丰 收。 |

迎春歌

整理者：张纯岭

作　　曲：任辛杨

春风来得快，
白云快飞开，
春风吹大地，
变成光明新世界。
桃花正开，
梨花正白，
满院花儿一齐开，
五颜六色放光彩。

迎春歌

词曲：刘欣荣
整理：张纯岭

1= C 4/4

春风来得快，白云快飞开，春风吹大地，变成光明新世界。桃花正开，梨花正白，满院花儿一齐开，五颜六色放光彩。五颜六色放光彩。

于秀泉：拥军模范　战士母亲

于秀泉，1890年出生，今山东省泰安市岱岳区徂徕镇人。她深明大义，有着朴素的爱国思想。抗战时期，她自告奋勇来担任县委机关的义务情报员，站岗放哨，传递情报。她曾一夜往返七次给县委送情报，也曾因雪夜奔走导致脚冻伤而致残。

任村妇救会会长后，她夜以继日地为队伍筹措军粮、补洗军衣，组织妇女做军鞋，为伤病员喂汤喂药。她的家被战士们亲切地称为"战士之家"。干部赵声余身患疟疾，于秀泉卖掉家中槐树来给他治病。她说服年轻人参军参战，连自己的子、侄都送进了部队，后来儿子不幸牺牲。

新中国成立后，她依然保持革命品质，经常用红色传统教育下一代。1978年逝世后，当地百姓为了纪念她而自发建立起"秀泉亭"，供人瞻仰学习。

王立武：堡垒永在　鱼水情深

王立武，今山东省济南市长清区中黄崖村人。他对党的抗日事业衷心拥护，为革命积极做奉献，视战士如亲人。他的家被赞誉为"红色招待所"。

1938年，大峰山下，长清抗日独立营宣布成立的地方就是王立武家。因为来往的干部、战士逐渐增多，他就专门把东屋和北屋腾出来，为同志们提供食宿。部队每逢作战或执行任务回来也是临时在这里驻扎。

每次，王立武的妻子都是烧一锅开水，让战士们喝水先休息一下，这让他们好像到了家，倍感亲切和安全。这里像是一座红色堡垒，显示着军民间的信任依靠和坚不可摧的情谊。

日寇投降后，国民党反动派集结大军杀向解放区。王立武家一如既往，又成为解放军的大本营。

🎵 **红色足迹**

唱响《好儿郎》

泰汶红色歌谣的创作，让我这个从泰山脚下长大的人有了更多的自觉，或者说渴望。再次走进家乡的山川大地，寻访，发现。我相信山水有声，它们藏在每一块石头背后，它们都有一个故事，有一首歌。

而我，是一个幸运者，在等待和信任中，与之相遇。

《好儿郎》就是这样诞生的。作为抗日战争年代的一首拥军支前歌，它响亮，节奏明快，感染力强。

锣儿敲，鼓儿响，

姐妹妹来把秧歌唱，

不唱圆，嗨！不唱方，嗨！

单唱当兵好儿郎！

……

初见《好儿郎》是在《徂徕山抗日歌谣》这本书上，它已屡经翻阅，边角都起了褶皱，好多句子下面还用红色笔标划。它的确也出自田野调查，只有歌词，没有曲谱。据载，传唱者是李昌山，整理者是张纯岭。

似乎就是眼缘，第一眼看歌词，背后，那个锣鼓喧天、披红戴花的参军景象瞬间复活了。而这也是另外一种抗战史诗的"书写"。

真的要感谢它的采录者张纯岭老人。

后来我从友人处得知，老先生是一位执着于家乡红色歌谣的收集者，四十年里，几乎踏遍徂徕山的每一角落，但凡听到有会吟唱的乡民，一定前去拜访并记录。为此，屡经坎坷，但始终痴心不改。

当我邀约上几位同道要去向他请教时，不成想传来的消息是老先生已经过世了。

怅然间，再回看一下他费尽心力整理的《好儿郎》，心底有个声音暗暗作响：谱出曲子，把它重新唱出来。

那正是泰汶谣项目启动的初期，诸事繁杂。可一旦有点空闲，我就把自己关在家里，一遍遍地读词，一次次地和曲，来回反复。

对我而言，它不单是一首歌词，而是八十年前无数优秀泰安儿女的情怀和热血。钢琴旁，我甚至这样遐想：我就是徂徕山村的一个参军儿郎，战火纷飞，日寇入侵，我该做什么，我要说什么……

也许参与是历史最好的学习，尤其带着一份感动创作。

我记得很清楚，那个早晨，《好儿郎》的谱子终于出来了，打开窗子，一道光芒散进屋内，应和着的是我大声歌唱。

我把这首歌带到了声乐课堂上。

"不唱圆，嗨！不唱方，嗨！单唱当兵好儿郎！""同学们，刚才老师唱的这首歌叫《好儿郎》，是流传在我们泰安的一首红色歌谣，每每唱来，我就不禁心潮澎湃。在民族生死存亡的年代，这些朗朗上口、通俗易懂的民谣，鼓舞着军民奋起反抗日本侵略者……"

令我没有想到的是，这群"00后"们非常高兴地击鼓唱和，扎起了红绸动情地舞起了秧歌。

一堂课下来，大家都很高兴，纷纷说这歌真带劲儿！唱完浑身有力量，特别能感受到一股战斗的豪情！这让原本还有顾虑的我一下释然了。

这首歌的谱曲，学生喜欢。

后来，我和同学们在学院的泰安红色文化主题园为新生表演唱这首歌，曲调和情境相生。

2021年10月7日，我们受邀到驻泰部队慰问演唱这首歌。

2022年9月17日上午，我们班受邀在泰安高铁站演唱这首歌，为新兵入伍壮行。

……

部队演出，怎么能少了年轻的战士们呢？他们就是好儿郎。于是，最感动的一个场景出现了。

2021年国庆节期间的那场进部队演出，为了增强互动性和感染力，我临时邀请了6名战士，搬上部队的大鼓，与学生一起击鼓唱和。

"咚咚咚，咚咚，咚咚咚——"激昂的鼓声响起，台下的战士们齐声伴唱"嗨！"撼天动地，尽显热血豪情。

这首歌，成功了！

图8-2　2022年9月17日上午，在泰安市高铁站广场，我院泰山雅乐团师生们演唱《好儿郎》，为即将踏上征程、参军报国的士兵们壮行

泰山之下，地阔天高。多少次，面对内心，我常想，自己何其有幸，生长在这片红色的大地上，能在追述和遥想中，走近那一位位革命前辈和忠勇的战士；自己又何其有幸，音乐为桨，不惮劳苦，还原并创作红色歌谣。今天，又随着时代之风，在呼唤声中，强势而归。

张纯岭老人，我未曾得见，是遗憾的，但因为他的用心记录，我才能谱曲新唱；又得见课堂上的大学生、军营中的战士，四方唱响。

图8-3　泰山职业技术学院学生在教室里排练《好儿郎》（作者拍摄于2021年9月）

图8-4　作者带领学生在驻泰某部队首次表演《好儿郎》，表演者左起第一排：陈雪同学（击鼓）、刘欣荣老师、张菡同学（击鼓）（拍摄于2021年10月7日）

实践拓展

1. 通过课程的学习和红色歌曲的传唱，深入学习中国近代史、革命史，深刻感悟中国共产党为什么行，围绕这一点撰写小论文。

2. 搜集在泰安革命的过程中发生的军民鱼水情的红色故事，整理出文字稿，并录制音视频。

第九篇

红色非遗

知识目标

1. 了解非物质文化遗产的概念,了解红色非物质文化遗产的内涵、特征、表现形式和重大意义。

2. 了解泰安红色非物质文化遗产的重要形式。

能力目标

能简单地表演一段非遗技艺,能变身"能工巧匠"体验非遗道具制作技艺,感受中国非物质文化遗产的魅力。

素质目标

1. 通过课程学习,提升学生的非遗意识,促进新时期下非物质文化遗产的保护与传承。

2. 提升学生审美认知能力,铸牢民族审美认同感与自豪感,增强学生文化自信。

红色精神永传承，多彩艺术赞英雄

改革开放四十多年来，人们的物质生活得到了极大的改善，可是在拥有丰富物质生活的同时，一些人的心灵深处却出现了"荒漠"。我们重新审视一度沉寂的红色文化和那些有理想、有信仰、富有献身精神的人，我们渴望从那些物质贫乏但精神富足的革命者身上发现生命的意义和快乐的真谛。一系列红色小说的再版，红色电影的播放，红色之旅的推出，红色歌谣的传唱，唤醒了藏在人们心底美好的记忆。

那激昂的红色文化激励了一代又一代中华儿女为理想和信仰而拼搏奋斗。中国革命波澜壮阔的历史进程，革命者感天动地的丰功伟绩，革命旧址、遗物展现出的震撼心魄的场景，成为艺术创作的最佳素材。民族和个人如何为生存和理想苦苦寻找解放道路的斗争精神，揭示了一个时代、一个民族对幸福的向往和为理想而献身的气概。爱国主义、集体主义、英雄主义精神成为以红色精神为核心的民间艺术创作的精神主导。

以红色精神为创作主题，民间艺人创作了以战争故事为题材的剪纸、皮影戏，以群众喜闻乐见的形式传递着这样一种为理想和信仰奋斗的红色精神，传递着他们心中源源不断的深挚感情。

道板一敲，渔鼓一响，简单的几句唱词，顿时将民间传统艺术的动人光彩展露无遗。作为一种传统说唱的艺术形式，泰安渔鼓承载了太多人的乡土记忆。在山东省泰安市岱岳区夏张镇，民间流传着一种说唱，表演者左侧怀抱着一类似竹筒的乐器并手持两块木板做成的器具，右手有节奏地敲打着竹筒下侧的中心，两块木板也相互碰撞，发出了清脆悦耳的声音，讲究"押韵合辙，赶板夺词"，加之表演者精彩的说唱，让观众看得如痴如醉。这就是俗称的"渔鼓说唱"。又因夏张镇自古就有"九省御道"之称，因此，老百姓又称其为"御道渔鼓"。

红色歌谣

中共泰安支部的故事（片段）

（国家级非物质文化遗产泰山皮影传承人范正安）

（泰安方言特色表演）

王仲修：来了！

来了唉~共产党员王仲修，家住在，蒿里山旁的五龙沟。

今一天要建党支部，哎！喃呢个心里乐悠悠！喃呢个心里乐悠悠！喃从济南往回赶，喃从济南市往回赶。啊？这个我发现，这个有个人这个鬼祟祟一直跟在我后头，一直跟在我后头。

啊？坏来，可能被敌人盯上了，怎么办？哎！哎！假装摔倒坐在地，引诱来人他上钩，引诱来人他上钩。哎？诶呦！哎！哎~哎呦！诶！哎呦！哎嗨吆！

特务：嘿嘿！我看你再跑?！我看你再跑?！

王仲修：你？是什么人？

特务牛四儿：嗨嗨！什么人？哎呀，那我现在也不瞒你！哎?！我实话告诉你，啊安？我是咱张宗昌省长，特务队的队长。

王仲修：牛四儿！

特务牛四儿：啊对！牛四儿！

王仲修：你想干什么？

特务牛四儿：嗨嗨，干什么？小来儿！你滴，啊安？所有的事儿我都搞清楚来！你王仲修，蒿里山，啊!？蒿里山滴！

王仲修：啊！对，我家就住在蒿里山五龙沟旁。

特务牛四儿：啊？对啊！你说你在济南铁路大厂干活，你好好的干唉？啊，安？你加入什么共产党，啊？领着工人闹事儿，啊？抗捐抗税还，还，还怎么样?！还，还，还，弄得工人那么停薪停工资，你带头闹事儿！为这个事儿，咱们张省长，啊！张宗昌，特别生气，令我专门跟着你！

小来儿，我跟了你好几天了！安？你说你在济南铁路大厂被开除了，你回到泰安，你，干什么？火车站上抗大个儿。

王仲修：什么抗大儿？干装卸工！

特务牛四儿：啊！对啊！泰安人就叫抗大个儿啊！

啊，你说你好好的干完来，你还闹什么事儿啊！你实话说，你这次上济南你又干什么？啊，哎！到了济南你又急急忙忙地赶回泰安来，小来儿，我就一直跟着你嘿！老实儿地说，今天你老实儿地交代还待罢了！如若不然，你看看……我今天我二拇手指头一动，叭勾——我今天我就交代了你，嗯?！老实滴讲！

王仲修：刚才你说啦，我的家就是这五龙沟，我回来探家，回到自己的家难道不行？

特务牛四儿：你别给我哩个楞，我告诉你！你小子你急急忙忙地赶回来不知道你干什么事。你这样吧！你现在跟我走！哎？我喊123，喊到3你要不动弹，我马上我就开枪！我一开枪小子，我就给你，我就给你开了瓢！

王仲修：那你开呗！

特务牛四儿：你走不走啊？！

王仲修：我不走！

王仲修：好！1！2！3！哎呦坏来！我的枪！我！我！

王仲修：你的枪！你的枪！

特务牛四儿：王仲修，我，我知道你是抗大个儿的，有滴是劲儿！

王仲修：嘿嘿！牛四儿，你作恶多端，你残害了我们多少个百姓和我们的党员！今天，这个机会，我也不会放过！我今天一定要代表我们的党，我要处置了你！

特务牛四儿：嗨嗨！小来儿，哎呀你……你有什么本事，你不就是劲儿大点嘛？

安！哼！我的枪呢?！好啊，枪我不要了！哎，小来儿，你看我还有，哎，我告诉你，我今天我就刀了你！哎呀张省长说了，活滴，给我一千大洋！……

图9-1 作者与国家非物质文化遗产泰山皮影传承人范正安老人合影（拍摄于2023年8月21日）

御道渔鼓——夏张武装起义

(泰安市非物质文化遗产御道渔鼓传承人任见水)

纪念碑松柏围绕一片绿,

碑高三十米,雄伟又壮观。

一九三七年,

日本人制造了七七事变。

韩复榘放弃了黄河天险,

整个山东都沦陷。

共产党毛主席领导人民向日本鬼子来宣战。

白:在党的领导下,一九三八年一月一日零时宣布武装起义。

成立了抗日的自卫团,

张北华任主席,

远静沧任政治部主任。

泰西人民来拥护,

青壮年报名把军参。

敌强我弱学习毛主席的论持久战,

和日本鬼子巧周旋。

首战肥城传捷报,

镇压两个大汉奸。

白:一个是维持会长范维新,一个是警察局长朱成武。

道朗打了个伏击战,

把鬼子一个中队消灭完。

白:这两仗我军浴血奋战,打出了中国人民的志气,打出了中国人民的威风。

夜袭界首火车站,

用大刀把鬼子的脑袋砍。

神枪手刘发瑞夏张集打死汉奸杨正武,

日本人的翻译官。

破袭津浦铁路打的阻击战，

把台儿庄战役来支援。

解放战争编入中国人民解放军，

白：百万雄师下江南。我表的是咱夏张好人好事好风景，先进模范英雄汉。

我有心一个一个一个的禀报，

怕的是唱到明天唱不完。

唱到这里拦住板，

下回书中咱再谈。

御道渔鼓——说唱夏张

（泰安市非物质文化遗产御道渔鼓传承人任见水）

渔鼓苍简板掂，

正鼓捻板唱一番。

要问咱唱哪一段，

咱就唱美丽的夏张好家园。

咱夏张综合治理搞得好，

一片绿水和青山。

青山绿水紧相连，

山照青松松照山。

站在山上望下看，

樱桃园就把山腰缠。

桃树梨树苹果树，

片片果树紧相连。

人杰地灵风光好，

九省御道美名传。

进村来看不完的良辰美景，

咱再上纪念碑上去参观。

图 9-2 任见水老人正在为村民表演唱御道渔鼓《夏张武装起义》（拍摄于 2021 年 11 月 3 日）

图 9-3 采访任见水老人左起：李利鲁、姚泰中、任见水、刘欣荣、村民（拍摄于 2021 年 11 月 3 日）

歌声里的英雄谱

范正安：一口道尽千古事　双手挥舞百万兵

范正安（1945— ），山东泰安人，国家级非物质文化遗产项目皮影戏（泰山皮影戏）代表性传承人。泰山皮影戏是历史悠久的一种传统民间艺术，距今约 600 年，代表作有《泰山石敢当系列》《西游记》《东游记》等。

范正安是中国皮影艺术的大成者，拥有独门绝技"十不闲"。脚上踩着锤，叮叮哐哐不停歇；手里拿着人，神妖百态精气神；嘴里唱着词儿，乡音曲调，诙谐幽默捧腹笑。借光树影，上下翻飞，一人演活了一台戏，一人做出了十人活。

泰山皮影戏，在众多皮影戏流派中一枝独秀，享有"泰山文化活化石"的美誉。

寻声而来

红色歌谣的创作与流传是怎样的？

80多年前的军民是如何唱的？

"那个、呜呜转、鹁鸪崖……"用方言、老调，还是今曲、新唱？

谁为采风者，听我歌此诗。

从民间曲艺中寻踪觅迹，找寻乡音曲调，最大可能地还原红色歌谣的原有风貌，在聆听和传唱中传承红色基因，赓续精神血脉。

于是，带着一系列的问题，我开始了寻声，特别是民间老艺人，经多方打探，驱车前往。

仅从2021年11月起到2023年7月，我先后拜访了国家级非物质文化遗产"泰山皮影"第六代传承人范正安老人、市级非物质文化遗产"御道渔鼓"传承人任见水老人、市级非物质文化遗产"汶河大鼓"传承人葛业森老人、国家级非物质文化遗产"端鼓腔"第二十一代传承人丁立新先生、肥城边院镇海子村的渔鼓艺人吴仁富老人等。

老艺术家们那流传千年的老腔老调，令我这个习练声乐多年的人耳目一新。即兴的说唱、弹奏，实则是毕生深厚的功力。土色土香的语言，或唱腔高拔、诙谐幽默，或庄严肃穆、虔诚祈祷，滋养了一代又一代人的心灵，如颗颗珍珠散落在泰山、汶水间，熠熠生辉。

面对面地与老艺人们坐着，聆听着乡音古调，内心突然颤抖，继而泪涌满眶。在这过程中，我有两次最大的感动。

一次感动是在范正安老人家里。

他的家就在蒿里山根儿，是我原来老房子的邻舍（shi）家（泰安方言）。范老先生和我父亲是好友，我得叫大爷。

进门后，满屋的皮影道具，五彩斑斓，古朴的老桌子上放着一张未完工的神仙影人。只微微一瞥，好像众多奇幻人物就立马能跃出。

"闺女啊，你终于来了——听你爸爸说你在市里经常上电视唱歌，今天你听听我这老头子唱得怎么样，土了吧唧的，你可别笑话你大爷啊。"范大爷一边说着，一边拿起身边的渔鼓敲击出前奏唱了起来。

我随即用手机拍摄着、录着、听着，朴实、沧桑的声腔直击心灵，莫名地感到一种久违的乡情正突突地敲击着心房，砰砰作响，随后泪珠竟止不住地滑落脸庞。

随后，范大爷走到像古代门楼样式的白色幕布后，表演了他创作的《中共泰安支部》的故事。苍劲嘹亮，唱中有说，唱述起来……

另一次感动是在东平采录丁立新先生。

小剧场里，还保持着20世纪90年代的风格。丁老师与70岁的权立柱老人，两人换上绛红色大褂，头戴高帽，手拿羊皮鼓与鼓签，缓步地走上台中，表情肃穆，随着鼓声咚咚响起，质朴的声腔娓娓道来：

"……东方昂，开了一朵青里格牡，哎嗨哎吆丹；南方昂，又开四十六红；西方昂，开了一朵黄里格菊，哎嗨吆呵黄；北方又开五金边……"

台上，两人一唱一和，古韵悠悠。听着听着，婉转的乡曲抚慰着我深处的内心，像一个久未归家的孩子，跋涉千里，打开了家门，透出橘色的灯光。那一刻，泪水再次涌出。

"简板敲，渔鼓响，张果老骑在驴背上。"这是御道渔鼓任见水老人的唱词。他的亲切自然、如话家常的表演，立刻吸引着在场的村民。

采录任老先生时，他正随大横山农民艺术团来到肥城马家堂村演出。

演罢，我们围坐在一户人家的大门口。深秋午后，金色的阳光洒落在晾晒的金色玉米堆上，也落在任老先生那古铜色的脸上。

"我唱的是当年《隋唐演义》的老调，词儿，是我新编的，像新农村建设了，革命战争故事了，新风尚了，有好多。像你们年轻人说的，我也得与时俱进。"

任老先生说话轻快，渔鼓一敲，又唱了起来。他的身边早早地坐了一圈人，入神地听着，时不时地发出会心的微笑。

葛业森老人今年七十六岁，退休后自办庄户剧团，送文化下乡活动四百多场次，2019年9月，他荣获第七届全国道德模范提名奖。

2023年7月25日上午，我们在采录葛老先生时，他说下午要随艺术团去徂徕镇南黄崖村"送戏下乡"文化惠民演出，于是我们欣然一同前往。

从葛老家到南黄崖村，经青兰高速，再走些乡间山路，大约40多分钟车程。来到南黄崖村的健身小广场时，村里的喇叭正响起今晚的演出预告。

卸车、搭台、搬桌子……老人都忙在前，我们上去帮忙，他却连连摆手，自己忙活起来。布置妥当，葛老在小舞台边吃了一份简单的晚饭，随即开始化妆、更衣、候场。

天色渐黑，村里的老老小小拎着马扎，陆陆续续从四面八方走来，不多时已坐满了小广场。

"乡亲们好啊，我是葛业森，……我给恁拉拉《回娘家》的故事。"鼓声起，开嗓唱，那浓重的乡音、诙谐的表演，引得村民捧腹大笑。

在返城的路上，葛老说："只要天不下雨，我每天都演，老百姓喜欢。"老人家头发花白，如话家常般平静，似乎背后那千百次的下乡，所付出的辛劳都不值一提。

通过乡曲乡情，唤醒红色文化记忆，这就是红歌谣创作的源头活水。

除此，我还寻得了另一种"曲调"——坚守的力量。

如葛业森老人一样的那些老先生，有的已迈入耄耋之年，本应是在家颐养天年，过着享清闲的生活，他们却下乡走村，各地展演，寒来暑往，日夜兼程。那硬朗的体魄，嘹亮的嗓音，持久的气息，自编自导，自奏自唱，大篇幅的唱词张嘴就来，行云流水，无不令我惊叹、崇敬。

我还懂得了另外一种"曲调"——百姓的心声。

多少次，我看到乡村的小广场上，有刚从地头回来的大叔，手上的泥还未擦净；有抱着孩子的妹子，早早地坐在了前排；更多的是花白头发的老人，身边是跑来窜去的小娃儿。台上一亮嗓，台下的村民露出喜悦的笑容，淳厚、灿烂。

一路寻声而来，浓浓乡音，亲亲乡情。

一路踏歌而行，朗朗上口，铿锵有力。

一首红歌谣，简单明了的歌词，声入人心，反映出广大军民的心声。

一首红歌谣，如同战斗的号角，鼓舞民众斗志、振奋民族精神。

唱响我爱的红歌谣，向历史温暖地回眸，也向时代深情地致敬，那是一方乡土，一方人民的长久挚爱，乐音与生命同在。

我，愿为你——寻声而来。

第九篇 红色非遗

图 9-4 2021 年 11 月 22 日范正安老先生专为本书作者制作的皮影（增应该为：赠）

图 9-5 2021 年 11 月 22 日，作者与友人一起采访范正安老先生

图 9-6 在汶河明石桥采录市级非遗"汶河大鼓"传承人葛业森老人（作者拍摄于 2023 年 7 月 25 日）

·167·

图9-7 左起：许基杰、葛业森、刘欣荣、鞠昕诺（拍摄于2023年7月25日）

图9-8 作者在东平县采录国家级非遗"端鼓腔"传承人丁立新先生（左）、权立柱老人（右）（拍摄于2023年8月2日）

实践拓展

1. 通过阅读、访谈、网络等多种形式，了解更多的非遗文化，感受非遗魅力，弘扬传统文化。

2. 尝试从创新的角度加强对非遗文化的研究，结合现代技术，融入生活体验，感受非遗之美。

后 记

泰汶沃土四季耕耘　红色文坛奇葩绽放
——写在《泰汶谣》出版之际

接到《泰汶谣》这部书稿，应邀审阅。掩卷思忖，顿觉非同一般。首先映入眼帘的是封面，令人眼前一亮。这岂不是我国最早的一部诗歌总集《诗经》中"泰山岩岩""汶水汤汤"的幻化吗？君不见，五岳独尊的泰山巍峨挺拔，山上青松屹立，犹引吭高歌；而在泰山和徂徕山之间，飘着音符的大汶河向西潺潺流淌着，似妩媚低吟。而且，从书中目录可以嗅到，浓浓的历史文化和红色文化交织一起，烹饪出颇具色香味俱全的佳肴，使人胃口大开。细细品味，颇具特点。

其一，学院重视，领导挂帅。泰山职业技术学院，是经山东省人民政府批准设立、教育部备案的全日制公办普通高等职业学校，是山东省高等教育特色名校。学院始终坚持"质量立校、特色兴校、人才强校、文化塑校"的办学理念，被评为全国职业教育先进单位。学院领导高度重视红色文化和历史文化，创建了泰安红色文化主题园和泰山书院等。此书由学院党委书记张勇华作序，院长崔耕虎任编委会主任。两位院领导多次听取汇报，指导编撰工作并身体力行。

其二，列为教材，培育新人。学院坚持育人为本、德育为先，依托厚重的泰安历史文化和红色文化资源，着力构建融传统文化、泰山文化、红色文化、企业文化、大学文化于一体的泰安特色校园文化，形成了"环境育人、管理育人、活动育人、文化育人"的特色德育模式。"学院+书院"育人模式，在国内同类院校开创先河。雨果曾提出："开启人类智慧的宝库有三把钥匙：一把是数字，一把是语言，一把是音符。"语言、音符在开启智慧方面，当然功不可没。在《泰汶谣》每一篇前，设有知识目标、能力目标、素质目标；每一篇后，设有实践拓展等；书中设有二维码音频、视频，更具实用性。理论联系实际，从而达到教学相长之目的。

其三，既有政治性，又艺术性。首先从中共泰安党组织的创建起笔，对党组织的发展娓娓道来。同时，采用诗词、民歌、非遗等多种形式，讴歌发生在泰安大地上共产党领导广大军民英勇奋斗的重大事件和涌现出的英烈人物。如：展现了徂徕山抗日武装起义、泰西抗日武装起义、八路军第一一五师陆房战斗、泰安战役等；介绍了四支队第一位烈士杨桂芳、泰山军分区政委兼地委书记汪洋等。书中既有"阳春白雪"，又有"下里巴人"，雅俗共赏。不但收集了八路军《山东纵队进行曲》、八路军第一一五师陆房战斗《胜利的歌声》、陈毅元帅《泰安战役》诗词等，亦收录了一些小曲小调，如《我是小小兵》《赛花灯》等。

其四，人在歌外，歌在心中。《尚书·尧典》中记舜的话曰："诗言志，歌永言，声依永，律和声。"为收集散落于民间的革命歌谣，本书编写团队凭着对革命先辈的崇拜之情，以及对历史负责的信念，不辞辛苦，南征北集，驱车数千里，走访老战士，参观纪念馆、博物馆，有时徒步行进于山林之间，甚至攀登悬崖峭壁。可谓"踏破铁鞋寻与觅，三千里路云和月"。贝多芬曾说："音乐应当使人类的精神爆发出火花。"作者所采撷到的这些土生土长的歌曲，必将融入广大师生的心中，成为激发广大园丁教书育人、莘莘学子刻苦学习源源不断的动力。

其五，填补了一些党史、泰山历史的空白。编写团队经过辛勤努力，征集到反映革命历史画面的诗词、民谣、歌曲等。在泰安市岱岳区良庄镇，征集到原文化站站长张纯岭收集的部分徂徕山抗日歌谣。山东省音乐家协会理事刘欣荣为部分抗日歌谣谱了曲，为革命先辈创作的诗词谱了曲，为流传在民间的红色歌谣谱了曲。在泰安市委宣传部举办的文艺汇演中，她根据泰汶红色故事创作编排的《泰汶组歌》脱颖而出，荣获一等奖。同时，还征集到泰山皮影戏《中共泰安支部的故事》、御道渔鼓《夏张武装起义》等。这些新增加的内容，是对党的历史、对泰安历史的贡献。

2023年6月2日，习近平总书记在北京出席文化传承发展座谈会并发表重要讲话，指出："在新的起点上继续推动文化繁荣、建设文化强国、建设中华民族现代文明，是我们在新时代新的文化使命。"在新征程，人们需要新的精神需求，需要新的文化素养，本书顺应时代而生，必将发挥资政育人作用。

美哉，《泰汶谣》也！

壮哉，《泰汶谣》也！

期待再接再厉，续写《泰汶谣》姊妹篇，为弘扬红色文化更上一层楼。

爰为跋。

癸卯之初秋，宋元明撰于飞来石轩

（宋元明，1956年生，大学文化，曾任泰山职业技术学院纪委书记、中共泰安市委党史办调研员。主编《中共泰安地方党史》《泰山青松范明枢》《飞来石集》等书。）

附录：

革命战争年代泰山、泰西地区图

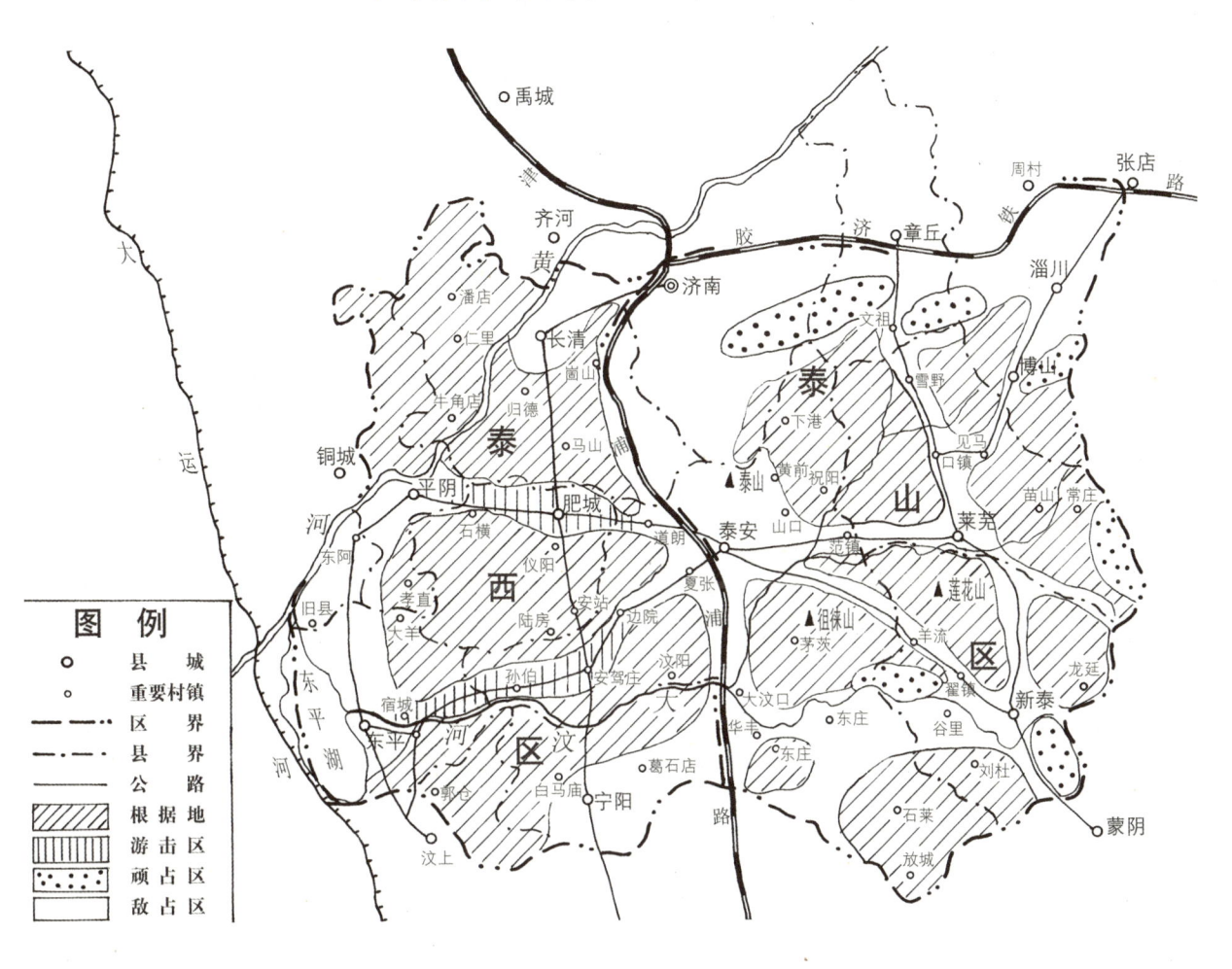

（中共泰安市委党史研究院供图）

1937年12月31日，日军侵占泰安。随后，泰安以津浦铁路为界，分为东西两部分。1938年5月，建立中共泰西特委，1939年1月改地委。1939年1月，建立中共泰山特委，同年9月改地委。1950年5月，泰山和泰西合并成立泰安地委。

图书在版编目（CIP）数据

泰汶谣 / 崔耕虎，刘欣荣主编. -- 北京：中国书籍出版社，2023.8

ISBN 978-7-5068-9556-9

Ⅰ.①泰… Ⅱ.①崔… ②刘… Ⅲ.①诗集-中国-当代 Ⅳ.①I227

中国版本图书馆 CIP 数据核字(2023)第 167509 号

泰汶谣

崔耕虎　刘欣荣　主编

责任编辑	王　淼
责任印制	孙马飞　马　芝
封面设计	王昱雯
出版发行	中国书籍出版社
地　　址	北京市丰台区三路居路 97 号（邮编：100073）
电　　话	（010）52257143（总编室）　（010）52257140（发行部）
电子邮箱	eo@chinabp.com.cn
经　　销	全国新华书店
印　　刷	青岛至德印刷包装有限公司
开　　本	889 毫米 × 1194 毫米　1 / 16
字　　数	214 千字
印　　张	11.75
版　　次	2023 年 8 月第 1 版
印　　次	2024 年 9 月第 2 次印刷
书　　号	ISBN 978-7-5068-9556-9
定　　价	45.00 元

版权所有　翻印必究